柳鼓の塩小町
江戸深川のしょうけら退治

月芝　Tsukishiba

アルファポリス文庫

https://www.alphapolis.co.jp/

目次

序章　5
其の一　人喰《ひとく》い寺《でら》の迷子石《まいごいし》　12
其の二　妖刀《ようとう》仇討《あだう》ち奇譚《きたん》　40
其の三　近江屋《おうみや》の偽怪異騒動《にせかいいそうどう》　79
閑話　ある日の千代　111
其の四　黒焔馬《くろえんま》　119
閑話　甘露梅《かんろうめ》　174
其の五　しょうけら　186
其の六　決戦、浅草寺《せんそうじ》大法会《だいほうえ》　237

序章

元禄《げんろく》十六年の江戸は年明けからそわそわしていた。昨年末の赤穂浪士《あこうろうし》討ち入りのせいである。江戸雀《えどすずめ》たちも、心なしかちゅんちゅんとやかましい。

しかし、それとは違う理由で、本所深川《ほんじょふかがわ》は北東にある柳鼓長屋《やなぎつづみながや》は賑《にぎ》やかだった。

「お七《しち》ちゃんや、もう堪忍《かんにん》しておくれ」

「だめ。ご隠居《いんきょ》さんってば、また妙《みょう》なのを拾ってきて」

逃げる老爺《ろうや》を、塩が入った壺《つぼ》を抱えて追いかけ回していたのは、長屋の差配《さはい》をしている仁左《じんざ》の孫《まご》のお七である。膝《ひざ》の調子がよくない祖父を手伝う働き者の孝行娘《こうこうむすめ》で、歳は十二だ。そんな娘がどうして、こんなことをしているのかというと……

なんの因果《いんが》かこのお七、怪異《かいい》の類《たぐい》に滅法《めっぽう》強い星の下《もと》に生まれた。僧侶《そうりょ》や修験者《しゅげんじゃ》らも苦戦するようなこの世ならざる者どもを、塩を投げつけるだけで、ばったばったと薙《な》ぎ倒すことができる。

ゆえについた渾名《あだな》が、柳鼓の塩小町《しおこまち》。

一方で、追いかけ回されていた老爺も只者《ただもの》ではない。名を伊勢屋清右衛門《いせやせいえもん》といい、これでもれっきとした大店《おおだな》の元主人である。いまは跡目《あとめ》を息子夫婦に譲《ゆず》り気楽な長屋暮らしをしながら、道楽《どうらく》の怪異巡《めぐ》りを満喫中《まんきつちゅう》だ。

しかしこのご隠居は、怪異を視《み》る目がさっぱりなわりに、やたらと拾ってくる体質だから困る。毎度その尻拭《しりぬぐ》いをさせられるのはお七で、今もご隠居に憑《つ》いた怪異を祓《はら》っていたというわけだ。だから塩を投げる手につい力が入るのはしょうがない。

「いい加減に観念《かんねん》してください。あと塩のお代《だい》は店賃《たなちん》に上乗せしておきますからね」

「うう、お七ちゃんが容赦《ようしゃ》ない」

ご隠居はすっかり塩まみれとなった。これにてお祓いは完了である。

「もうおわった？」

物陰《ものかげ》から遠慮《えんりょ》がちに、おかっぱ頭の女童《おんなわらわ》が現れた。人形のように愛らしいこの子は、六歳になるご隠居の末孫で、名を千代《ちよ》という。ゆえあって祖父と長屋に住んでおり、やや人見知りだがお七にはよく懐《なつ》いている。

「ええ、もう大丈夫。念のため千代ちゃんもね」

お七は指先で摘《つま》んだ塩を、はらりと千代に優しく振りかけた。

「ずいぶんと扱いに差がありやせんかのぉ」

口を尖《とが》らせるご隠居だが、お七はつんと聞こえない振りをする。このやりとりに千代はくすくす笑う。

その時、近くの障子戸《しょうじど》ががたりと開いた。長屋の一室から顔を見せたのは銀杏頭《いちょうがしら》で無精髭《ぶしょうひげ》の浪人者《ろうにんもの》であった。着流しの前に手を突っ込んでは、ぼりぼり腹を掻《か》き、大欠伸《おおあくび》をしている。

「朝っぱらからずいぶんと賑やかだな、お七ちゃん」

「……もう巳《み》の刻《こく》ですよ脇坂《わきさか》さん」

お七は呆《あき》れ顔である。さらに千代からも「ねぼすけ」と言われた浪人者は、「ははは、こいつは参った」と、頬《ほほ》をぽりぽり掻きながら笑う。

この浪人者、名を脇坂九郎《くろう》という。男ぶりも剣の腕も悪くはないのだが、いかんせんやる気が乏《とぼ》しい。用心棒《ようじんぼう》や道場の出稽古《でげいこ》などで生計を立てているが、あくせく働くのは性《しょう》に合わない。仕官《しかん》にも興味がない。

「ご隠居も飽きもせず熱心なこって。わざわざよそに行かずとも、うちの長屋をぶらつけば事足りるだろうに」

脇坂が怠《だる》そうに言うと、お七が慌《あわ》てて注意する。

「ちょっと！　変なことを言わないでよ。ただでさえご近所で噂《うわさ》になってるんだから」

お七に脛《すね》をこつんと蹴《け》られて、脇坂は「あ痛《いた》っ！」と顔をしかめた。

というのも、ここ本所深川の柳鼓長屋には、名の由来にもなっている不思議な話がある。

まだ江戸がいまよりずっと寂《さび》しかった頃のことだ。

暗い夜道を一人歩いていたお侍《さむらい》の前を、さっと影が横切った。驚いたお侍であったが、その正体は狸《たぬき》であった。

「おのれ畜生《ちくしょう》の分際《ぶんざい》で武士《ぶし》の面前《めんぜん》を横切るとはけしからん。成敗してくれる！」

いきなり刀を抜いたお侍に吃驚《びっくり》した狸は、すぐに逃げ出した。

狸が逃げ込んだのは近くの長屋であった。

しぃんと静まり返っている長屋内にお侍は少し躊躇《ちゅうちょ》するも、いまさらあとには引けず奥へと進む。しかし肝心《かんじん》の狸は見つからない。突き当りまで辿り着いたものの、どこにもいない。あるのは一本の柳《やなぎ》の木ばかりであった。

お侍は「まんまと逃げられた！」と悔しがり、腹立ち紛《まぎ》れに柳の木を蹴飛《けと》ばした。

すると柳の木が、ぽーんと鳴《な》った。

見事な鼓《つづみ》の音に、すっかり肝《きも》を潰《つぶ》したお侍は、泡《あわ》を食って逃げ出した。

しかし、これを見ていた長屋の住人がいたのが運の尽きで、たちまち噂は広まり、お侍はすっかり面目《めんぼく》を失って、お役目を返上し出家した。

以降、ここは柳鼓長屋と呼ばれるようになり、いつしか柳の木を叩《たた》いて鳴けば、願い事が叶うなんてことまで言われるようになった。これを面白がった住人の大工がちょちょいと祠《ほこら》を建てれば、別の大工の住人が張り合って狸の彫り物を拵《こしら》え、いまでは長屋の住人たちから柳の木ともども大切にされている。

そんな少し不思議な柳鼓長屋なのだが、住んでいる者たちも曲者揃《くせものぞろ》いにつき、毎日賑やかなのである。

◇

お七は父《てて》なし子だ。

お七の母、ひのえは粋《いき》でいなせでとってもおきゃん。世間の習慣や些事《さじ》に縛《しば》られず、思うさまに突っ走る。女ながらに呑《の》む打つ遊ぶ、喧嘩《けんか》もする。賭場《とば》で諸肌《もろはだ》脱いでは「さぁさぁ、丁半《ちょうはん》、はったはった」と威勢《いせい》よく壺を振った。

ひのえが顔を出せば賭場が満員御礼《まんいんおんれい》になるものだから、あちこちからお呼びがかかる。おかげで顔も名前も売れて、たいていの盛《さか》り場は彼女の庭であった。

そんなひのえは、恋多き女としても有名であった。惚《ほ》れた腫《は》れたで、まさに燃え盛る焔《ほのお》のごとし。でもいつも長続きしなかった。しばらくすると、自ら身を引いてしまうのだ。何故ならば、ひのえが惹《ひ》かれるのは男そのものより、まだ芽《め》が出ていない才のほうだったからである。芽を育てるためにせっせと彼女は世話を焼く。すると男もその気になって、己の才と真剣に向き合い、ほどなくして開花する。

しかし、ひのえはここで満足してしまうのだ。恋はいいが所帯《しょたい》を持つのは、どうにも性分《しょうぶん》に合わないらしかった。

そんな暮らしを続けているうちに、身籠《みご》ったのがお七であった。好きな男に会いたい一心で火を放ち、その罪により鈴ヶ森《すずがもり》の刑場にて火刑《かけい》に処された少女から名前をとって、お七と名づけた。

八百屋《やおや》お七を題目《だいもく》にした芝居を見て、ひのえは感心したのだ。

「男恋しさに江戸を焼け野原にしようたぁ剛毅《ごうき》だ。あたいは好きだねえ、気に入ったよ」

けれどそんな名をつけられた娘は、たいそう迷惑であった。

なにせ母がひのえで、娘がお七である。丙午《ひのえうま》の年は火災が多いと信じられ、八百屋お七もこの年の生まれであったことから、丙午生まれの女性は気性が激しく夫を殺す、なんてことも囁《ささや》かれていた。

幾ら火事と喧嘩は江戸の花とはいえ、縁起が悪いにもほどがある。

江戸っ子はけっこう験《げん》を担《かつ》ぐ。特に商《あきな》いをしている者は縁起の良し悪しを気にしており、そんな彼らが特に恐れているのが火事であった。火はすべてを灰燼《かいじん》に帰《き》す。

よってお七なんて縁起の悪い名の娘なんぞはどこの家も願い下げで、お七は早々に奉《ほう》公人《こうにん》の道を閉ざされた。母親となってもひのえの奔放《ほんぽう》さは変わらず、お七は終始振り回されてばかりであったが、そんな日々はお七が十一になった頃、唐突に終わる。

ひのえが風邪をこじらせ、ぽっくり逝《い》ってしまったのだ。

母の死の間際、枕元《まくらもと》でお七はずっと気になっていたことを尋《たず》ねた。

「ねえ、おっ母《か》さん。わたしのお父《と》っつぁんってどこの誰なの？」

しかし、ひのえは黙《もく》して語らず。白状するかと期待したがだめであった。

かくして、お七は天涯孤独《てんがいこどく》の身の上……にはならなかった。

お七も知らなかったのだが、ひのえの父、つまりお七にとっては祖父にあたる仁左が存命《ぞんめい》であり、彼女を引き取ってくれたのである。

仁左は柳鼓長屋の差配をしていたので、自然とお七も長屋の住人たちと親しくなった。

そんなお七と曲者揃いの長屋には、毎日様々な事件が舞い込んできて……

其の一　人喰《ひとく》い寺《でら》の迷子石《まいごいし》

柳鼓長屋の祠に祀《まつ》られている狸の彫り物は、両手に納《おさ》まる程度の大きさで、お世辞《せじ》にも上手《うま》い細工《さいく》ではない。

ただ妙に愛嬌《あいきょう》があり眺めていると頬が緩《ゆる》んでくる。

実はこのご神体《しんたい》、盗《ぬす》まれたことが過去に三度ある。そのうち二度は勝手に帰ってきた。

近々の一度は長屋の住人が見つけて、取り返してきてくれた。

そんな狸のご神体を磨《みが》き、祠の掃除を終えたお七が木戸のほうへ向かっていると、ご隠居と若い男が話し込んでいるところを目にした。

この若い男こそが盗まれたご神体を見つけてくれた長屋の住人、鉄之助《てつのすけ》である。

鉄之助は細目で愛想《あいそ》のいい兄さんだ。器用な男で、万屋《よろずや》稼業《かぎょう》を営んでいる。そここそ繁盛《はんじょう》しているらしく留守にしていることが多い。

以前にお七は「どうしてそんなに色んなことができるの？」と尋ねたことがある。

すると、鉄之助はこう答えた。

「おれは元忍《もとしの》びだからな」

忍びとは色んなところに潜入《せんにゅう》し、秘密を探るのが主な役目である。

ゆえに囲碁《いご》、将棋《しょうぎ》、大工《だいく》仕事、茶の湯、華道《かどう》、踊りにお琴《こと》、料理に算盤《そろばん》、宴会芸《えんかいげい》に太《たい》鼓持《こも》ち、やれることは多いに越したことはない。

釣り好きに接近するには、釣り場にて声をかけたほうが相手も気を許しやすい。囲碁好きならば、程よく勝たせてやれば上機嫌になって口も軽くなるというものだ。

「とはいえ、出来すぎもいけねえ。素人よりは上手く、玄人《くろうと》と話が通じるぐらいがちょうどいい」

鉄之助はお七に匙加減《さじかげん》が肝要《かんよう》と語った。

そんな青年とご隠居がこそこそ話をしている。

「……怪《あや》しい」

お七はそろりそろり、二人へ近づく。ちなみに、この忍び足は鉄之助が戯《たわむ》れに教えたものだが、思いの外、筋《すじ》がよくて、お七はたちまちものにしてしまった。

こっそり近づくと、二人の会話が聞こえてくる。

「ふむふむ、その荒れ寺に女の幽霊《ゆうれい》が出るというんじゃな」

「ええ、そこには迷子石なるものがありましてね。こいつが人喰《ひとく》い岩なんぞとも呼ばれている。そりゃあ恐ろしいじゃありませんか」

鉄之助の話をよくよく聞いてみると、どうやらこういうことらしい。

ある荒れ寺には、迷子石という名の奇妙な願掛け《がんか》があり、行方《ゆくえ》知れずとなった我が子を捜《さが》し求めて、石に願いを託《たく》すという。

哀《あわ》れな女の幽霊が死後も消えた我が子の姿を求め彷徨《さまよ》っている、なんて噂があったのだが、事態《じたい》は幽霊騒ぎには留《とど》まらない。願掛けに通う者たちが一人消え、二人消え、ついには誰もいなくなってしまったというのだ。

「ちょっと鉄之助さん！　またご隠居さんに変な話を吹き込んでっ」

いきなりお七に叱《しか》られて、男たちは仰天《ぎょうてん》した。

ご隠居は怪異狂《ぐる》いだ。

その手の話を耳にすれば、いそいそ出掛けるほどの熱の入れよう。そういうわけで、あまり噂話は聞かせたくないのだ。

一方で、万屋稼業をしている鉄之助は職業柄《しょくぎょうがら》あちこちに出入りしている。

その耳には自然と江戸中の噂が流れ込んでくるもので、ご隠居からせがまれるまま、つい聞きかじった怪異話を披露《ひろう》してしまったのだろう。

お七に叱られた二人は「うひゃあ」と逃げ出す。

すたこら遠ざかる店子《たなこ》たちに、お七は「もう」とふくれっ面をした。

◇

そんなことがあったこともすっかり忘れていた夕暮れの刻。

お七と仁左が住む家を千代が訪ねてきた。半べそをかいており、なにやら様子がおかしい。

「どうしたの千代ちゃん？」

「お七さん……おじいちゃんが帰ってこないの」

ご隠居が千代を近所の者に預《あず》けて、一人で出掛けることはままある。

けれど行く先も告げずに、ましてやこんな時刻になっても音沙汰《おとさた》がないというのは、これまでになかったことだ。ご隠居は道楽者だが千代をとても大事にしている。そのことは、長屋の者ならばみな知っている。

お七はなんとなく胸騒ぎがした。生まれながら怪異に滅法強いお七は、勘《かん》も相当に鋭《するど》い。ひとまず千代を仁左に任せて、一人長屋へと向かう。その道すがら、お七が思い出したのが昼間のやりとりである。

「まさか！」

幸い鉄之助が家にいたので、お七が事情を説明する。

そうしたら、鉄之助はたちまち表情を曇《くも》らせた。

「実はあれからよくない噂を耳にしたんだ。近頃、あそこには人相風体《にんそうふうてい》の悪い浪人どもが出入りしているとか。ほら、少し前に金貸しが押し込みにやられただろう。ひょっとしたらその下手人《げしゅにん》どもじゃないかって」

その事件ならばお七も知っている。つい十日ほど前に、店の者全員が惨殺《ざんさつ》されて金蔵《かねぐら》が荒らされたのだ。

そんな連中が屯《たむろ》しているところに、身なりのいい老爺がのこのこ出掛けていったら、よくて身包《みぐる》みを剥《は》がれるか、あるいは拐《かどわ》かされて身代金をせしめられたり、最悪殺されたり、ということもある。

「大変！　こうしちゃいられない」

いきなり駆け出そうとするお七の腕を、鉄之助が慌てて掴む。

「いけねえ、お七ちゃん。まだそうと決まったわけじゃねえんだから」

「でも凄く嫌な予感がするの。さっきからずっと首の後ろがちりちりしている。急がないと手遅れになる」

「いや、しかし――」

お七と鉄之助が押し問答をしていたら、そこに脇坂が姿を見せた。

軽く一杯引っかけてきたようで、顔が少し赤い。

「なんだ、痴話喧嘩《ちわげんか》か？　おまえたちがそんな仲だったとは知らなかったなぁ」

にやにやと揶揄《からか》う脇坂であったが、お七にとっては天の助けである。

「脇坂さん、ちょうどよかった。これからすぐに一緒に来て。あっ、刀もちゃんと持ってきてよね。それから鉄之助さんは例の荒れ寺への道案内をお願い」

言い出したら聞かないお七は、四の五の言わずにまずは動く。それは紛れもなく、亡くなった母譲りの性分なのだが、周囲の心配をよそに当人はまるで気がついていない。

◇

荒れ寺にやってきたお七たちだが、流石《さすが》にいきなり乗り込んだりはしない。まずは様子を探ることにした。

「というわけで行ってらっしゃい」

「よっ、元忍び」

軽く送り出された鉄之助は「なんだかなぁ」とぶつぶつ言いながら、一人境内《けいだい》へと入った。

夜陰《やいん》に紛れて、鉄之助は音もなく本堂へと近づく。その足が石塚《いしづか》の前で止まった。名が彫られた石がうず高く積まれている。

「これが迷子石か。大きな岩みたいなのを想像していたんだが、なんとも薄っ気味の悪い。おっと、こうしちゃいられない。ぐずぐずしていたらお七ちゃんに叱られちまう。ご隠居、ご隠居っと」

軽く手を合わせてから、鉄之助は先を急ぐ。

本堂からは明かりが漏《も》れていた。

建物の脇《わき》へと回り込み壁に耳を当てると、男たちの濁声《だみごえ》が聞こえてきた。七人以上はいる。

鉄之助は壁から耳を離すと、縁の下へ潜り込んだ。

暗闇《くらやみ》の中、しばし目が慣れるのを待つ。だが、露《あら》わとなった床下の光景に、鉄之助は危うく声を上げそうになった。

なんと、一面に人骨《じんこつ》が散乱していたのだ。転がる髑髏《どくろ》をざっと数えただけでも、二十は優《ゆう》に超えている。

「これじゃあ人喰い岩じゃなくて、人喰い寺じゃねえか」

眉をひそめつつ、鉄之助は臆《おく》することなく奥へと這《は》い進む。そのかたわらで聞き耳を立て、床上から伝わる声も拾う。

「しかし、いい隠れ家があったものだなぁ」

「ここならば寺社奉行《じしゃぶぎょう》の預かりになるから、町方《まちかた》もおいそれとは踏み込めぬ。江戸を去るまでの時間稼ぎにはもってこいだ」

「なぁに昔つるんでた奴《やつ》がここを使ってたんだよ。いい加減に潰れちまったかと思ったが、こいつも御仏《みほとけ》のお導《みちび》きかねえ」

「くく、違いねえ」

「それにしても、おまえさんの昔の連れといえば例のあれだろう？　俺たちも大概《たいがい》だが、流石にあれには負けるぜ」

「おうとも。迷子を探す親を騙《だま》して絞《しぼ》るだけ絞りとったら、あとは斬《き》り捨てる。とんだ外道《げどう》がいたものよ」

「そういうおまえだって、この前の押し込みでは嬉々《きき》として女や子どもを殺《あや》めていたではないか」

「ふふふ、たまに血を吸わせてやらねば、愛刀が臍《へそ》を曲げるからなぁ」

耳を塞《ふさ》ぎたくなるような会話である。鬼畜《きちく》な所業を平然と語り、男たちはげらげら笑っていた。これには鉄之助も嫌悪感《けんおかん》を露わにする。

そして男たちは、続けてこんな話をした。

「仏のお導きといえば、よもやあの伊勢屋のじじいが転がり込んでくるとはな」

「そのことよ。仮にも大店の隠居だぞ。一人でこんなところをうろつくものか？」

「ああ、おれは前に顔を見たことがあるからたしかだ。せっかく打ち出の小槌《こづち》を手に入れたことだし、江戸からおさらばする前に、もうひと稼ぎといこうじゃないか」

「その大事な小槌は、どうしている？」

「奥の納戸《なんど》に縛《しば》って転がしてある。ぽっくり逝かれてはたまらんから、あとで水と握《にぎ》り飯でも差し入れてやるさ」

探し人の居所《いどころ》が知れた。

鉄之助は床下を這って、そちらへと向かう。

納戸に辿り着くと、手足を縛られ、猿轡《さるぐつわ》をかまされている老爺がすぐに見つかった。

床下から「ご隠居」と呼びかければ、老爺は身をよじらせて口元をもがもがさせる。

「しっ、連中に気づかれる。すぐに助けるから、ちょいと待っててくれ」

鉄之助はご隠居をたしなめ、いったんその場を離れた。

◇

「ご隠居さん、いましたぜ。縛られて奥の納戸に転がされていたけど、いまのところはまだ無事だ。連中の話を盗み聞いたところ、ありゃあ相当の外道どもだ。押し込みの下手人ってのも、どうやら本当らしい。だが……」

表で待っていたお七たちのところに、鉄之助が戻ってきた。

荒れ寺にいる浪人たちの悪い噂は、町方の耳にもとっくに届いているはずだが、まだ動いていない。場所のせいで寺社奉行と町奉行が揉《も》めているのかもしれない。悪党どもも心得たもので、それを見透かしている。

「ということは、以蔵《いぞう》親分に頼んでも無理か。のんびりしてたらご隠居さんが危ない。それにここ、かなりよくないよ。えらくざわついてる」

お七は鉄之助の話を最後まで聞いてから、そう言った。

以蔵親分とは、仁左の馴染みの岡っ引きで、お七のことも可愛がってくれている。困った時は助けてくれるのだが、鉄之助の話を聞くと、今回頼るのは難しそうだ。

そして、怪異の類に滅法強いお七は、鉄之助から本堂の下の様子を聞かされるまでもなく、荒れ寺に巣食《すく》う妖気《ようき》には気がついていた。

しかし、お七が厳しい目を向けていたのは、骨が床下に散乱していた本堂ではなく、その裏にある竹林《ちくりん》のほうであった。

お七のただならぬ様子に、脇坂と鉄之助はごくりと唾《つば》を呑み込む。

「ぐずぐずしていたら、巻《ま》き添《ぞ》えを喰うかも。とっとと、ご隠居を助けよう」

お七の言葉に男たちは頷《うなず》いた。

◇

再び本堂へと潜入した鉄之助は、ご隠居が囚《とら》われている納戸の下まで来たところで、口に指を当てて「ぎゃっぎゃっ」と夜鴉《よがらす》の鳴き真似をする。

それを合図に、本堂へと石が投げ込まれた。

中にいた者たちが騒ぎ出し、人の皮を被った悪鬼《あっき》どもが、ぞろぞろと外に出てきた。

傾《かたむ》いた山門《さんもん》を背にこれを迎えたのは、脇坂である。

「ふざけやがって、なんだてめえは？」

不用意に近づいてきた相手の首を、朱鞘《しゅざや》から抜いた刀の切っ先でちょんと刎《は》ねる。

噴《ふ》き出す鮮血。赤い飛沫《しぶき》が、側にいた賊仲間の顔を濡《ぬ》らした。

加藤清正公《かとうきよまさこう》が好んだ折れず曲がらずの剛刀は、同田貫正国《どうたぬきまさくに》の流れを汲《く》む脇坂の愛刀である。

武骨《ぶこつ》で色気のない容姿だが、この刀は命のやり取りの場でこそ、その真価を発揮する。

「まずは一つ」

血刀を手に、脇坂がにへらと笑う。

はっと我に返った悪鬼どもは、慌てて腰の得物《えもの》を抜いた。

脇坂の同田貫が暴れる。

一人をたちまち葬《ほうむ》り、続いて向かってきた相手の膝頭《ひざがしら》を骨ごとざっくりと斬り裂く。

さらに返す刀で、惚《ほう》けている輩《やから》の腕をばっさり斬り捨てた。

手足を斬られ血溜まりにのたうちまわる者どもを見下ろし、脇坂は同田貫を肩に担《かつ》ぐ。

「これで四つ」

「怯《ひる》むな、囲め。一斉に斬りかかるんだ」

荒れ寺に潜《ひそ》んでいた悪鬼たちは、はや五人となり、そのうちの一人が叫んだ。

◇

表で騒ぎが始まったところで、潜んでいた鉄之助が床板を蹴破って突入した。いまのうちに人質を救出する手筈《てはず》になっている。

拘束《こうそく》を解《と》かれたご隠居は「ぷはぁ」と大きく息を吸った。

「やれ、助かったわい。力任せに縛りおってからに。おお、手首が痛い。まったく近頃の若いもんときたら年寄りを労《いたわ》ることを知らん。こうなればわしも加勢して悪人どもをとっちめてやろうぞ。なぁに先は不覚をとったが、昔とった杵柄《きねづか》、これでも若い頃は気の荒い人足《にんそく》どもと、しょっちゅう大立ち回りを演じて――」

「年寄りの冷や水ですよ」

張り切るご隠居に、鉄之助はぴしゃりと言い放つ。

「それに脇坂のだんなが刀を抜いてるんですよ。下手に近づいたら、まとめて同田貫の餌食《えじき》にされちまう」

「むぅ、あの三尺《しゃく》超えの化け刀が暴れておるのか。そいつは剣呑《けんのん》じゃな。まったく、あれほどの腕を持ちながら、いつまでもぶらぶらと……その気になれば幾らでも仕官の口ぐらいありそうなものだがのぉ」

脇坂は普段はだらけている寝坊助《ねぼすけ》侍だが、ひとたび剣を抜けば天下無双なのだ。気さくな人柄とも相まって、たまにいい話が舞い込むのだが、なにを考えているのか、のらりくらりとかわしている。

ご隠居の繰《く》り言《ごと》に、鉄之助は「さぁて」と肩をすくめた。

「だんなにはだんなのお考えがあるんでしょうよ。それよりもほら、とっととずらかりますよ」

開けた穴からご隠居を床下へと放り込み、鉄之助もこれに続く。

下りたら下りたで、散乱する白骨にご隠居が驚いて、ぎゃあぎゃあと一悶着《ひともんちゃく》あった。

それをなだめてようやく表へと出たところで、彼らを待っていたのは、世にも奇怪な光景であった。

◇

脇坂が背にお七を庇《かば》い、驚いた表情をしている。

残り二人となった悪鬼らも、本堂の屋根を見上げて固まっている。

縁の下から這い出てきた鉄之助とご隠居は、外の異様な様子をいぶかしみ、みなの視線につられて振り返った。

そして、目ん玉をひん剥いて絶句した。

なんと荒れ寺の屋根を、大きな骨の手が鷲掴《わしづか》みにしているではないか。腕は裏の竹林から伸びている。

闇の奥で、かたかたと音が鳴っていた。それが次第に大きくなり、近づいてくる。

屋根の向こうより、ぬうっと姿を現したのは、巨大なしゃれこうべであった。

聞こえていたのは、髑髏が顎《あご》を震《ふる》わせる音だ。

怪異といってもぴんきりで、たいていは些末《さまつ》なものである。普通の人には視えないし、感じられもしない。でも、巨大なしゃれこうべはこの場にいる全員に視えている。その時点で、相当な脅威《きょうい》であることは間違いない。

消えた我が子を探し求め、涙ながらに願いを託した迷子石は、幾十《いくじゅう》、あるいは幾百、それとも千へ届くかもしれない。その想いを踏みにじった悪逆非道《あくぎゃくひどう》、積み重ねられた怨念《おんねん》はいかばかりか。

そんないわくのある石塚を、脇坂に斬られた悪鬼が、倒れた拍子に崩してしまった。おまけに不浄な血で穢《けが》してしまう。

すると、ついに堪忍袋の緒《お》が切れたとばかりに黒い霧《きり》が噴出《ふんしゅつ》し、荒れ寺一帯の空気がずんと重くなり、あれよあれよというまに怪異が顕現《けんげん》したのだった。

釣《つ》り鐘《がね》ほどもある巨大なしゃれこうべを前にして、流石のお七も口をあんぐりと開けたままとなる。柳鼓の塩小町とてここまでの大物を目にするのは初めてのことであった。

悪鬼の生き残りたちは恐怖に耐えかねて、我先にと逃げ出す。

けれど、山門を抜けようとしたところで、骨の腕が振り下ろされて、ぐしゃりと潰されてしまった。

かたかたかたかたかた……

巨大なしゃれこうべが笑う。二つの洞《うろ》の奥で青白い燐《りん》の焔が揺らめく。

脇坂はお七を庇いつつ、じりじりと後ずさり、距離を取ろうとした。

鉄之助もご隠居を引きずるようにして、本堂から少しでも離れようとする。

「なぁ、お七ちゃん。あれ、どうにかなりそうか？」

「うーん、多分。でも塩が全然足りない」

脇坂がひそひそ尋ねれば、お七はそう答えた。

お七は怪異絡みの事件に巻き込まれることが多いため、塩を入れた巾着《きんちゃく》を常に持ち歩いている。しかしあくまで携帯用なので、量はたかが知れている。

これほどの大物ならば、塩が大桶《おおおけ》で五つか六つは欲しいところだ。

「だったら逃げるかい」

脇坂の言葉に、お七は首を横に振った。

「それはだめ。こんなのを野放《のばな》しにしたら江戸が大変なことになっちゃう。でもどうしよう……」

お七が苦心していると、そこに鉄之助とご隠居が近づいてきた。

「だったらわしに任せておけ」

事情を聞くなり、ご隠居が胸を叩く。

「近くに知り合いの塩問屋がおる。そこから幾らでももらってきてやるわい」

塩さえあれば鬼に金棒だ。

さっそく、鉄之助とご隠居には塩問屋へひとっ走りしてもらうことにした。塩が運ばれてくるまで、お七と脇坂が注意を引き、ここで食い止める。

ご隠居たちが寺から出ようとしたら、すぐに巨大しゃれこうべの手が伸びてきた。そうはさせまいとお七が立ちはだかる。

向かってくる白い骨の指先に「えいや」と威勢よく塩を撒く。塩に触れるや否や、骨の表面にびきりと亀裂《きれつ》が走り、ぼろぼろと崩《くず》れ始めた。巨大しゃれこうべは驚いていったん指を引っ込めたものの、すぐにまた襲おうとする。

お七の塩攻撃は効いているが、いかんせん相手が大きすぎるのだ。

脇坂も同田貫を手に助勢《じょせい》してくれているが、押し返すには及《およ》ばない。それでもどうにかしのいで、鉄之助たちを送り出すことに成功した。

しかし、このままではまずい。

そこで、お七はとっておきの隠し玉を披露する決断をする。

「もう！　こうなったらしょうがない。脇坂さん、これからちょいと凄いことが起きるけど、たまげて腰を抜かさないでよね」

「はぁ、これ以上に凄いことなんざ世の中にあるもんか！」

「言ったね？　だったらしかと御覧《ごらん》あれ。お代は見てのお帰りでってね。おっ母さん、お願い！」

お七が呼びかけたのは、亡くなったはずの自分の母であった。

『応っ』

威勢のいい女の声がこだまする。お七の足下の影がぐにゃりと歪《ゆが》み、そこから躍《おど》り出たのは切り絵のように黒くて薄い影――それは、影女《かげおんな》であった。

この影女の正体は、お七の母ひのえである。ぽっくり逝ったと思ったら、気づいたらこんな姿になっていた。理由はお七にもひのえにもとんとわからない。

巨大なしゃれこうべに続いて、影女まで出現する。

次から次へと起こる奇怪な出来事に、脇坂も目をぱちくりさせた。

「おっ母さん、あいつを寺から出さないで」

『あいよ』

おもむろに下駄《げた》を脱いだ影女は、両手にはめた。その途端、体がむくむくと大きくなっていき、あっというまに本堂の屋根よりも大きくなって、巨大しゃれこうべといい勝負になった。

『よくもうちの娘にちょっかいを出してくれたね。ただじゃ済まさないよっ！』

啖呵《たんか》を切るなり、右手に持った下駄でもって、ぱかんと一発、しゃれこうべをぶん殴る。

いきなり横っ面を叩かれ、しゃれこうべの巨体がぐらりと傾いたところを、すかさず『それ、もう一丁』と左からもぽかん。

これぞ生前にひのえが得意としていた、喧嘩殺法《けんかさっぽう》下駄しばきである。

いかにおきゃんとはいえ、男とまともに組み合ってはいささか分が悪い。

それを補うために編み出したのがこの戦法だ。

流石は人の身を支える履物《はきもの》なだけあって、下駄はとっても頑丈である。こいつでがつんと殴られたら、屈強な男とて涙を流し悶絶《もんぜつ》する。

巨大しゃれこうべと巨大影女のど突き合い。

両者が暴れる度に瓦礫《がれき》が飛んでくる。なお本堂は、煽《あお》りを受けてとっくに潰れてしまった。

「いけ」「そこだ」「右」「よし」

お七は腕をぶんぶん振り回しながら、熱心に影女の応援をする。

その隣でぽかんとしていた脇坂は、試しに己の頬をつねってみた。

「うぬ、しっかり痛えな、こんちくしょうめ」

夢ではないことを確認し、改めて怪異同士の戦いに視線を向ける。

いかに巨大な怪異とて、しゃれこうべは先ほど発現したばかり。生まれたての赤子《あかご》同然だ。

対する影女は、生前に方々の盛り場で大いに暴れた渡世人《とせいにん》である。博打《ばくち》に酒に色恋だけでなく、乱闘《らんとう》騒ぎもしょっちゅう。なので、やたらと喧嘩慣れしているのだ。

影女が巨大しゃれこうべの小指を捻じ曲げ、足の甲《こう》を踏んづけて砕き、下駄の歯と歯の間で太い骨を挟んではぼきりとへし折る。

「容赦ねえ。せっかくご隠居たちに塩問屋まで走ってもらったが、この分だと無駄骨に終わるかもな」

脇坂はほとんど一方的なたこ殴りに呆れている。

「あー、それは多分無理」

お七が手をひらひらさせる。

「おっ母さん、わたしの影にくっついている時は平気なんだけど、あんな風に飛び出しちゃったら、あんまり長いことはもたないんだよねえ。元気よく動き回れるのは、せいぜい四半刻くらいかな」

影女は宿主であるお七から離れるほどに、影が薄くなり、力も弱くなる。

そして、大きくなった上に、娘にいいところを見せようとはりきっているから、いつもより消耗《しょうもう》が激しい。

「えっ！」

そう聞かされた脇坂は声を上げた。お七の言う通りならば、そろそろ刻限である。

もっとも、すぐに新たな問題が起きて、二人はそれどころではなくなってしまった。

かたかたかたかた……また骨が鳴る音がする。先ほどよりもずっと軽くて小さいが、数が多いようだ。裏の竹林からぞろぞろ湧いてきたのは骸骨《がいこつ》の群《む》れだった。

十、二十、三十と、とにかくいっぱい、千鳥足《ちどりあし》ながらも二人のほうへと向かってくる。
脇坂は急いで同田貫を抜いた。お七も塩が入っている巾着に手を突っ込む。

ぼんやりしていたら囲まれると判断した脇坂が討って出る。

先頭の奴の首を刎ね、返す刀でもう一体の胴を薙ぐ。けれど首がなくても止まらず、上下が分かれたところで、這ってでも動く。挙句《あげく》には壊れた者同士がくっついて復活する。

脇坂は懸命《けんめい》に応戦し、お七も援護《えんご》する。しかし多勢に無勢《ぶぜい》である。手持ちの塩も残りわずかとなり、次第に骸骨どもの包囲《ほうい》の輪は狭《せば》まっていった。

頼みの綱《つな》である影女はすでに姿がだいぶと薄くなっている。

そろそろ刻限だ。影女が消えたら万事休《ばんじきゅう》すである。

「いかん、こうなったらお七ちゃんだけでも！」

脇坂が血路《けつろ》を開こうとしたところで、荷車の車輪《しゃりん》が回る音が聞こえてきた。

「待たせたなお七ちゃん、脇坂のだんな……って、なんじゃこりゃーっ！」

声の主は鉄之助だ。ご隠居の手引きで塩問屋から大桶を幾つか拝借《はいしゃく》し、荷車をひいて先に一人でやってきた。足手まといのご隠居は置いてきた。もっとも、連れてこなくて正解である。

もしも、こんな怪異まみれの光景をまのあたりにしたら、興奮のあまり卒倒《そっとう》しかねない。ぽっくり逝かれたら、祖父の帰りを待つ千代に合わせる顔がない。

さて、塩があれば百人力《ひゃくにんりき》だ。ここからが柳鼓の塩小町の本領発揮《ほんりょうはっき》である。

お七は巾着に入っていた残りをぶち撒けた。

塩を喰らった骸骨数体がたちまち崩れて塵《ちり》へと還《かえ》る。

その様子に脇坂は「おぉ」と驚嘆《かんたん》するも、お七は胸の奥がわずかにちくりと痛む。

この骸骨たちは悪党どもに謀《たばか》られ、金を毟《むし》り取られ、ついには殺され、無残にも竹林に打ち捨てられた哀れな犠牲者たちの成れの果てなのだろう。それを考えるとどうにも悲しくなってくる。

けれど、いまは涙を流す時ではない。その思いを振り払い、お七は声を張った。

「脇坂さん、下がって！　あとすぐに刀をしまって。塩で錆《さ》びても知らないからね」

掴みかかってきた骸骨を蹴飛ばし、脇坂は慌てて愛刀を朱鞘に戻す。

その間に蓋《ふた》を開けて準備をしていた鉄之助が、お七の側に桶を下ろした。

桶に手を突っ込んだお七は、手の平いっぱいに握った塩を、骸骨の群れへと豪快《ごうかい》に投げつける。塩がぱらぱらと降り注ぎ、触れた骸骨どもは次々崩れていった。

「他の桶も開けて雪合戦の要領で塩玉を握っておいて」

お七は鉄之助と脇坂にそう頼む。あの巨大しゃれこうべにぶつけるためである。

「ええい、袖《そで》が邪魔」

片肌脱ぎとなったお七が、右肩を晒《さら》してせっせと塩を放つ。

骸骨の群れを蹴散らし続けるその様は、さながら読み物に登場する勇ましい英傑《えいけつ》のようである。その側で、男たちが背を丸めてはちくちくと塩玉を握る。

「うう、指のささくれに染《し》みやがる。痛てぇ」

「素手でやるからですよ、脇坂のだんな。ほら、こうやって手拭《てぬぐ》いを使えば」

「おぉ、鉄之助、おまえ賢《かしこ》いな。だがしまった、肝心の手拭いがない。あっ、そうだ。だったらこの越中《えっちゅう》ふんどしで――」

「それだけは止めてっ！」

ふんどしで塩を握ろうとする脇坂に、乙女の怒号《どごう》が飛んだ。

お七が骸骨の群れをやっつけたのに前後して、影女がついに限界を迎えた。輪郭《りんかく》がぼやけてにじみ、しぼんでお七の影へと吸い込まれていく。

しかし、巨大しゃれこうべはというと、折れた骨が繋《つな》がり、ひびが消え、欠けた部位が戻って、ぼろぼろだったのが元通りになろうとしているではないか。

「そうはさせないよ、えぃ」

お七が大きく腕を振りかぶって塩玉を投げた。

当たった箇所《かしょ》が爆《は》ぜ、たちまち周辺がごそっと砕け散る。

鉄之助らから渡されるままに、お七は次々と塩玉を投げまくる。

「よくもそう狙ったところにぽんぽん当てられるもんだ」

やんやと喝采《かっさい》を送る脇坂は、感心しきりであった。

「ああ、これ？　おっ母さんの情夫《いいひと》に、投擲術《とうてきじゅつ》が得意な人がいたんだよ。それで的当《まとあ》て遊びがてら、色々こつを教えてくれたの」

お七の母ひのえが流した浮名《うきな》は数知れず。そしていい仲となれば寝物語に教わることや学ぶこともある。そして、そのお零《こぼ》れがお七にも流れてくるというわけだ。もっとも大半はろくに根づかなかったけれど、それでも幾つかはちゃんと活《い》きている。投擲術もそのうちの一つだ。

お七は威勢よく塩玉をぶつけては、巨大しゃれこうべをやっつける。

「血は争えんなぁ」

その勇ましい姿を眺めながら、脇坂はぽつりと零した。

「けど知ってますか、脇坂のだんな。お七ちゃんってば、将来は手堅く所帯を持って、静かに暮らしたいんだそうですよ」

鉄之助がせっせと手を動かしながら言う。

「はぁ？　十二にしてはずいぶんとしょぼくれていやがる。そこは嘘でも大店の跡取りに見初められて玉の輿《こし》とか、どこぞの若様と芝居みたいな恋をしたい、とか言うところだろうに」

「ぶふっ。ちげえねえ」

脇坂の言葉に、鉄之助はたまらず噴き出し、けらけらと笑った。

「二人とも、口より手を動かす」

お七がぴしゃりと言い放つ。

怒られた男たちは「ひえっ」と首をすくめて、塩玉作りに精を出すのであった。

◇

奮闘すること数刻、東の空が白《しら》む頃。

巨大しゃれこうべとお七の合戦は、ようやく終わりを迎えた。

持ち込んだ塩の大桶六つ、すべてが空《から》っぽになり、荒れ寺の境内には薄《うっす》らと塩の雪が降り積もっている。心なしか漂う空気までもがしょっぱくて、徹夜明けの目に染みる。

怪異には滅法強いお七ですらも大苦戦であった。それは、すなわちこの地にあった業《ごう》が深かったということである。

お七はへとへとになって、荷車の上で大の字になった。全身汗だくで息も絶えだえである。かたわらで脇坂と鉄之助もぐったりへたり込んでいる。三人とも塩に触りすぎて、手が赤く腫れてしまっていた。

兎《と》にも角《かく》にも江戸の平穏は守られた。しかし、これにて一件落着、とはいかないのが世知辛《せちがら》いところ。

若い娘が鉄砲玉《てっぽうだま》のように飛び出したと思ったら、長屋の男衆を連れて堂々の朝帰りである。ご隠居と千代が感動の再会をしている一方で、お七は祖父の仁左からしこたま怒られた。

仁左は書を好み物静かな人物なのだが、ひとたび怒ると怖いのなんのって……雷がぴかごろどしゃんと降り注ぐようで、まるで生きた心地がしない。怪異相手には滅法強い塩小町も、怒り心頭《しんとう》の祖父には敵わぬのだった。

巻き込まれてはたまらぬと、そろり退散しようとする脇坂と鉄之助であったが、逃げられない。

「まあまあ、せっかくだからゆっくり朝飯でも食っていけ」

男たちの襟首《えりくび》を背後からむんずと掴むと、仁左はにこりと笑いながら二人を家の奥へと引っ立てていった。

◇

巨大しゃれこうべとの戦いがあった翌日。

夜通し塩玉を投げ続けたせいで、激烈な筋肉痛に悶《もだ》えるお七から事情を聞いた仁左は、とてもこのままにはしておけぬと馴染みの岡っ引きである以蔵親分に相談した。

すると以蔵親分は心得たもので、怪異云々《うんぬん》のくだりを上手にぼかして上役に報告してくれた。

結局、悪党どもは分け前を巡っての仲間割れとされ、検分にて荒れ寺の瓦礫の下や裏の竹林を漁ってみれば、白い骨の山が出るわ出るわ。この地で行われていた悪行の一切が露見《ろけん》したのである。更地にされた荒れ寺一帯、かつて迷子石の塚があった場所には、せめてもの慰《なぐさ》めにと供養《くよう》の碑《ひ》が建てられ、懇《ねん》ろに弔《とむら》いの儀が執《と》り行われた。

其の二　妖刀仇討ち奇譚《ようとうあだうちきたん》

春遠き如月《きさらぎ》の頃。

柳鼓長屋で差配をしている仁左のもとへ漬物《つけもの》が樽《たる》ごとやってきた。上方に住む知人よりの贈《おく》り物である。しかし、祖父と孫娘の二人にはちと多い。

そこで店子たちにもお裾分《すそわ》けすることにした。

小分けにした漬物を手に、お七はみなの様子見がてら配り歩く。

そのうちに脇坂の番となったので、お七は彼が武士であるのを見込んで、ずっと気になっていた疑問をぶつけてみることにした。それは世間での赤穂浪士たちの評判についてである。

みな口を揃《そろ》えて「あっぱれ武士の鑑《かがみ》」と褒めそやすが、お七にはいまいちぴんとこない。

「浪士たちが仕えていたのが浅野内匠頭《あさのたくみのかみ》なんだよね」

「そうだぞ。播磨国《はりまこく》は赤穂藩の殿様《とのさま》だ」

「その人って本当に武士だったの？　幾らなんでもへっぽこすぎない？　ことの是非《ぜひ》はともかく、背後から老人に襲いかかって仕留《しと》め損《そこ》なうなんて信じられない。その辺の破落戸《ごろつき》のほうがよほど刃物の扱いを心得《こころえ》ているよ」

辛抱も足りなければ剣の腕もない。軽挙妄動《けいきょもうどう》にて所領《しょりょう》没収と改易《かいえき》の憂《う》き目にあう。ご先祖たちが積み重ねたものを足蹴《あしげ》にし、女房や子ども、家臣たちを泣かす。浅野内匠頭っていったい……そしてそんな男を主君と慕っての仇討《あだう》ち騒動は、お七にとっては、逆恨みなのでは？　としか思えなかった。

「あっはっは、ちげえねえ。お七ちゃんの言う通りだよ。どいつもこいつも阿呆《あほう》ばかりだ」

お七の辛辣《しんらつ》な意見に、脇坂はげらげら腹を抱えて大笑いする。

そして、ひとしきり笑ったところで、急に表情を曇らせた。

「仇討《あだう》ちだ、武士の一分だなんぞと、幾らきれいごとを並べたところで、しょせんは私《し》怨《えん》だ。此度《こたび》の件、きっとろくな仕置きにはなるまいよ」

その言葉が的《まと》を射《い》ていたとわかるのは弥生《やよい》も末の頃。

赤穂浪士、四十六士は切腹となった。

日本中に激震が走り、御上の沙汰に不満が噴出した。批判の矛先《ほこさき》は将軍綱吉《つなよし》と側用人の柳沢出羽守《やなぎさわでわのかみ》に集中する。

まぁ、だからといって柳鼓長屋の周辺に大きな変化はない。

変わったことがあるとすれば、せいぜい赤穂浪士の話で盛りあがることで、お酒の売れ行きが増えたくらいか。あとは、黄表紙《きびょうし》や芝居《しばい》で仇討ち物《あだうちもの》が流行し、剣術熱が高まり道場が盛況《せいきょう》した。

そして、これは視る目を持つお七にかぎってなのだが、ときおり町中で小さな黒い旋風《つむじ》を見かけるようになった。赤穂浪士の一件は、意外にもお七の身近なところに飛び火し、思わぬ形で江戸を騒がすことになる。

◇

脇坂と赤穂浪士の話をした数日後。

お七がいつものように長屋の掃除をしようと、箒《ほうき》を手にやってくると、木戸の辺りで住人たちがなにやら集まっていた。

「どうかしたの？」

声をかけるとそのうちの一人、やや崩した島田髷頭《しまだまげあたま》の後ろ姿が艶《つや》っぽい女が振り返った。この見返り美人はお良《りょう》といい、三味線《しゃみせん》の師匠をしている年齢不詳の麗人《れいじん》だ。お七の母、ひのえとは生前に親交があったらしく、ひのえの死後に知り合ったお七とも、気心が知れた仲である。

柳鼓長屋の住人の中でも古株《ふるかぶ》で、愛猫《あいびょう》三匹と一番奥の部屋で暮らしている。

「あら、お七ちゃん。いえね、脇坂のだんなのところにお客さまがいらっしゃってるんだけど……」

その客というのが、身形《みなり》のきちんとした老武士であるという。

脇坂のところに立派な武士が訪ねてきた。またいい話がきたのかとお七は考えたのだが、その直後、それは早合点であったと知ることになる。

「この愚《おろ》か者めがっ、仇《かたき》も探さずのうのうと。うぬはそれでも義弘《よしひろ》の孫かっ！　武門の誉《ほまれ》ある脇坂家の跡取りかっ！」

びりびりと雷声《かみなりごえ》が長屋中に響き渡り、勢いよく障子戸が開かれた。

軒先《のきさき》が震える。その拍子に屋根の上にあった小石がころんと転がり落ちた。脇坂の住戸から出てきた武士は見もせずに、ひょいとかわす。

現れた老武士はもの凄い形相をしていた。ぎろりと目を動かし、顔を真っ赤にしている様はまるで仁王像《におうぞう》である。そんな男が、肩を怒《いか》らせずんずんと木戸のほうへ向かってくる。

驚いたのは屯していた住人たちである。たちまち散り散りに逃げ去った。

あとに残ったのは、箒を手に固まるお七とお良の二人のみである。しかし、お良は人あしらいに慣れたもので、お七の袖を引き、自然な仕草にて道を譲《ゆず》る。

すると、老武士はむすっとしたままではあったが、軽く会釈《えしゃく》をし「御免《ごめん》」と通りすぎていった。

激昂《げっこう》していても周りがよく見えており、町人相手にも礼節《れいせつ》を忘れない。これを自然と行える二本差しは存外少ない。ましてや本所深川界隈では、まともな侍なんてほとんど見かけない。

歩く姿に隙はなく、なにより遠ざかる背筋がぴんしゃんしている。

「きちんとしたお武家さまだ」

お七はその姿に、ちょっぴり感動した。

「そうだねえ。少し前まではお武家といえば、みんなあんな感じだったんだけどねえ」

お良もしみじみと言う。

しかし気になるのが、あんな老武士を何故怒らせたのかということだ。

その張本人である脇坂が家から出てきた。たいそうばつの悪そうな顔をしている。

「いやぁ、すまん。長屋のみなを驚かせてしまったようだな。まったく支倉《ささくら》の叔父御《おじご》も六十すぎだというのに、相変わらず元気なものだ。ありゃあ、きっとおれよりも長生きするぜ」

老武士は脇坂の遠縁《とおえん》にあたる支倉忠長《ささくらただなが》という男であった。剣の達人として藩内外に勇名を馳《は》せていた九郎の祖父と同門《どうもん》で、ともに汗を流した間柄だ。元禄の世には珍しい昔《むかし》堅気《かたぎ》の侍である。

それはさておき、お良とお七が気になったのは、支倉忠長が発した言葉の内容である。

お七は遠慮がちに声をかけた。

「さっき仇がどうのと聞こえたんだけど……」

「参ったなぁ。実はおれ、仇持ちなんだよねぇ」

頭を掻きながら脇坂はしれっと、とんでもないことを口にする。

赤穂浪士の討ち入り以降、仇討《あだう》ち話《ばなし》はたいそう盛り上がっている。

読み物や芝居だけではなく、浪士たちに続けとばかりに、現実の仇討《あだう》ち勢《ぜい》も血気盛んだ。方々で刀傷沙汰が増えているそうな。その煽りを受けて、長らくうっちゃっていた脇坂の仇討《あだう》ち話《ばなし》にまで、ぽっと火がついたというわけである。

「なるほど。だからこれまでいい話があっても、首を縦に振らなかったんだね」

お良が独りごちる。

「あいや、それがちょいと違うんだよなぁ、これが」

しかし、脇坂は即座に否定した。

どういうことなのかと、お良は片眉をくいと上げ、お七もじーっと見つめる。ついに観念したのか、脇坂が「はあ」と嘆息《たんそく》した。

「そんなに知りたきゃあ教えるけど、あんまり気分のいい話じゃねえぞ」

そう言って、脇坂は己の身の上話を始めた。

◇

脇坂には二人の兄がいた。しかし、これが揃ってろくでなしであった。

長兄は加虐《かぎゃく》な性質にて、弱い者をいたぶることを喜びとするような輩。

次兄は賢《さか》しらで他者を見下し、陰でこそこそ動くような小狡《こずる》い男であった。

そんな兄たちが、まとめて斬られて死んだ。

ことの発端は長兄の邪《よこしま》な横恋慕《よこれんぼ》である。許婚《いいなずけ》のある娘にちょっかいを出すが、けんもほろろに扱われ、これを逆恨みし、娘を辱《はずかし》めようとした。次兄も手を貸したのだが、これで長兄が廃嫡《はいちゃく》になればしめたものと考えたのかもしれない。

しかし兄たちの誤算は許婚の男に悪だくみを悟られたことと、彼がとある道場の高弟《こうてい》であったことである。

あわや純潔が失われてしまいそうなところで許婚の男が踏み込み、二人まとめてばっさり斬り捨ててしまった。そして男と女は手を取って、藩を出奔《しゅっぽん》した。

これに驚いたのが、脇坂家の現当主である九郎の父親だ。とんだ醜聞《しゅうぶん》で、露見《ろけん》すれば家の取り潰しもありえる。

そこで都合の悪いことを揉み消すべく方々に働きかけ、ついには身内の不始末をなかったことにし、すべての罪咎《つみとが》を逃げた両人に押しつけた。

挙句の果てに、父親はずっと冷や飯を食わしてきた三男坊、九郎にこう告げる。

「逃げた二人は江戸に向かったようだ。すぐに追いかけて仇討《あだう》ちを果たしてこい。さすればお家安泰《あんたい》、面目躍如《めんもくやくじょ》にて晴れておまえが脇坂家の跡取りだ」

もちろん九郎が心底呆れたのは言うまでもない。

一連の話を聞いたお七とお良も、開いた口が塞がらない。

「なるほど、それじゃあやる気も起きないよね」

「呆れた！　とんだ仇討《あだう》ち話《ばなし》があったもんだよ」

お七とお良は口々に言う。

「そうだろう？　ふざけんなって話さ。ぶっちゃけ脇坂の家なんざ、とっとと潰れちまえばいいんだが、これがなかなかしぶとくてなぁ」

◇

お七たちが木戸の辺りで話し込んでいた頃。

支倉忠長は道すがら首を捻《ひね》っていた。所用で江戸へ来たついでに九郎を訪ねれば、あの体《てい》たらく。不甲斐《ふがい》なさについ激昂したものの……

九郎とは、あれが祖父、義弘のもとへ修業に通うようになって以来の付き合いである。自分にとっても孫のようなものだ。ゆえに、その性根はよく知っている。

一方でその父であり、義弘の息子でもある信康《のぶやす》という男はどうにも虫が好かない。悪い人物とまでは言わぬが、よくも悪くもいまどきの武士なのである。斬られた九郎の兄たちについても、生前の義弘がまるで意に介さなかったのが気になるところ。

親しき仲とて、他家のことに踏み込むのはいかがなものかと考え、あえて触れてこなかったが、ひょっとしたら脇坂の家にも色々あるのかもしれない。

「しかし、九郎は若い頃の義弘殿にますます似てきたな」

支倉忠長はいましがた別れてきた男の面構《つらがま》えを思い出し、つい口元が綻《ほころ》ぶ。

「九郎は義弘殿が育てた最後の弟子だ。相手がいかに手練《てだ》れとはいえ、けっして遅れはとるまいよ。だというのに、ちんたら動こうとせぬ。理由《わけ》を問うてものらりくらり、下手な嘘を並べるばかり。当人はあれで誤魔化《ごまか》せているつもりらしいが、この仇討《あだう》ち、なにやら裏がありそうじゃな」

思案顔にて歩く支倉忠長であったが、竹林の奥を抜ける道へと差しかかったところで、不意に強い殺気を感じ、足を止めた。

支倉忠長は腰の刀に手を伸ばす。いつでも抜けるようにしてから「何者か」と声を発した。重たい剣気が放たれる。気の弱い者であれば、これだけでへたり込むことであろう。けれど隠れていた何者かは怯むことなく、がさりと繁《しげ》みを掻き分け、悠然《ゆうぜん》と姿を現した。

◇

脇坂の身の上話をお七たちが聞いた翌日のこと。

仁左とお七が暮らす家に、岡っ引きの以蔵親分が顔を出した。

「すまねえ。ちょいと聞きたいことがあるんだが」

以蔵親分はそう言って話し出した。

近頃、江戸市中を騒がしている辻斬《つじぎ》りがいる。あまり騒ぎになっていないのは、斬られたのがみな立派なお武家ばかりであり、面目が立たないためだ。

今日、以蔵親分が訪ねてきたのは、新たな犠牲となった者が、直前に柳鼓長屋に住む浪人者と揉めていたという話を小耳に挟んだからであった。

浪人者というのは脇坂であり、なんと犠牲になったのは支倉忠長であった。

これには、お七も目が点になる。

「嘘……あの立派なお武家さまが斬られた？　だってあの人、相当腕が立つって脇坂さんが……」

脇坂によれば、支倉忠長は、剣豪であった祖父の義弘とともに切磋琢磨《せっさたくま》してきた仲だという。老いたとて、覇気《はき》はいまだ衰《おとろ》えず、身につけた剣技も健在のはずだ。なによりあの歩く姿を見れば、むざむざと殺されるとはとても信じられない。

「そうらしいな。藩邸のほうでも支倉殿ほどのお人がって、そりゃあ驚いていたからなぁ。でもだからこそ、ちょいと困ったことになってるんだ」

文倉忠長は質実剛健《しつじつごうけん》を地で行く老武士である。齢《よわい》六十を超えてもなお、朝夕、三百回の素振りを欠かさず、その武勇は広く知られていた。でもそんな男が斬られた。死体の様子からして、正面から何者かと激しく斬り結んだらしい。勇ましい死に様の一方で、気になるのがそんな男を倒した相手である。

並みの力量ではない。卓越《たくえつ》した剣の腕の持ち主であろう。

では、いったいどこの誰が？

「──まさか！　脇坂さんが疑われているの？」

「そのまさかなんだよ、お七ちゃん。いや、俺はもちろん、だんなの仕業じゃねぇと信じているさ。でもあちこちから証言が上がっているわ、剣の腕もあるわ、こうも材料が揃っちまっていると、一応は調べてみなくちゃならねえんだよ。それでよぉ、これから話を聞きたいんだが付き合っちゃあくれないかい」

以蔵親分が急に眉尻《まゆじり》を下げて情けない顔になり、手を合わせてお七を拝《おが》む。

町内の揉め事は名主や大家、もしくは差配が出張って解決するものだ。

家を離れたといっても、脇坂は武士である。

誰が立ち会っても角が立つが、脇坂とわりと親しいお七であれば、都合がいいだろう。

もちろん大切な店子にあらぬ疑いがかかっている以上、お七に拒否する選択肢はなく、すぐさま連れ立って脇坂のところへと向かった。

◇

家でごろごろしていた脇坂は、支倉忠長が何者かに斬られたと知って激昂した。顔を真っ赤にして、愛刀の同田貫を手にいきり立つ。

その怒気《どき》の凄まじいことといったら、無頼《ぶらい》ども相手に一歩も引かぬ以蔵親分が後ずさるほどである。お七なんて「うひゃあ」とでんぐり返って、危うく土間に転げ落ちるところであった。でもこれがよかった。そんな格好を見せられては、脇坂も毒気を抜かれてしまう。

「お七ちゃんを連れてきてよかった」

以蔵親分は冷や汗を拭《ぬぐ》い、ほっと胸を撫《な》で下ろす。

いったんは鎮《しず》まった脇坂であったが、それもわずかな間であった。

「ちょいとまずい雲行きになってる」

以蔵親分にそう告げられ、脇坂は己に嫌疑《けんぎ》がかけられていることを知り、たちまち大激怒した。

「──なんだと！　このおれが下手人だと申すのか？　ふざけるなっ、おれは、おれはなぁ」

両親は二人の兄ばかりを可愛がり、幼少期は愛情に恵まれなかった。

そこに祖父の義弘ともども温かい手を差し伸べてくれた支倉忠長は、彼にとってはいわば第二の祖父のようなものであった。それを斬ったと疑われて、脇坂は地団駄《じだんだ》を踏む。

あまりの勢いで暴れるものだから、部屋全体が軋み、いまにも床が抜けそうだ。

「だめーっ！　長屋が壊れちゃう」

お七は慌てて脇坂の腰に抱きつく。

「どうか堪《こら》えておくんなせえ」

以蔵親分も必死になだめる。

二人に諭《さと》されて、脇坂はやっと落ち着きを取り戻し、概《おおむ》ね話も終わった。

「それじゃあ、なにかわかりやしたらすぐにお報《しら》せしますんで」

以蔵親分が帰ると、脇坂はすぐに出掛ける支度を始めた。向かうのは藩邸である。故人の弔いをするためだ。普段は近づかないようにしているが、今度ばかりはそうもいかない。

いつになく殺伐とした雰囲気の脇坂は、全身から荒々しさがにじみ出ており、どうにも危なっかしい。

「わたしもついていく」

不安を覚えたお七はそう言って、出掛ける支度を始めるのだった。

◇

藩邸にて故人と対面した脇坂とお七は、しっかり手を合わせる。

「支倉の叔父御、御免」

脇坂は白装束《しろしょうぞく》の胸襟《きょうきん》を開き、骸の検分を始めた。

大小幾つもの斬り傷があり、裂けた肉が盛りあがっている。ところによっては骨まで露出している。あまりの壮絶《そうぜつ》さにお七はとても見ていられない。

脇坂は険しい目つきにて、低くうなるばかりだ。ひとしきり死体を検《あらた》めてから次は枕元に置かれてあった刀を調べる。

「……そういうことか。だから不覚をとったのだな」

刀は半《なか》ばから折れていた。真剣勝負の最中にぽきりと刀が折れてしまえば、ひとたまりもない。ましてや、強者同士の立ち合いともなればなおさらであろう。

「はて、折れた刀の先はどうした？」

脇坂はそう言って、首を傾げる。どこにも見当たらない。

『いちおう探したのですが……』

藩邸の者に尋ねると、申し訳なさそうにそう言われた。

こうなっては流石に元通りにしてやれぬが、繋いでそれっぽい形にして、一緒に眠らせてやることはできる。

「せめてもの手向《たむ》けとして、墓前《ぼぜん》に供《そな》えてやりたい」

脇坂がそう言ったので、お七はこう提案した。

「だったらこれから探しにいこうよ。多分まだ現場に落ちているだろうからさ」

藩邸を辞去し、二人は支倉忠長が倒れていたという竹林へと向かった。

◇

現場をひと目見るなり、脇坂が「こいつは」と顔を顰める。

人の手が入っていない竹林は日中でも薄暗く、動物以外はとても立ち入りそうにない。

しかし何故、支倉忠長が倒れているのがすぐに発見されたのかというと、薙ぎ倒された竹が道を塞いでいたからである。通りがかった駕籠屋《かごや》の人足が竹をどけようとして、奥の異変に気がついたという。

落ち葉が降り積もり地面もろくに見えない。折れた刀の先を探し出すのは、相当に骨が折れるだろう。しかし、お七は余裕顔である。

「わたしにいい考えがあるから、大丈夫。おっ母さん、ちょいと出てきて」

そう言うなり、お七の影がゆらりと揺れた。

『あいよっ』

足下からひょっこり現れたのは影女のひのえである。

「この前のやつか。昼間でもおかまいなしかよ」

荒れ寺の一件にて影女の存在を知っていた脇坂は、そう言って頭を掻いた。

「この辺で嫌な気配がするところを探して」

お七は影女に、そう頼んだ。

『お安い御用さ、おっ母さんに任せておきな』

影女が竹林の中をぬるぬると動く。その姿は鰻《うなぎ》か蛇《へび》のようで、なんとも形容しがたい。

これには頼んだお七も「うわぁ」とちょっと気味悪がっている。

「しかし、折れた刀の先ではなく、嫌な気配がするところを探れとは、どういうことなんだ」

「わたしも詳しい理屈はわからないんだけど、なんだか怪異と刀って相性があんまりよくないみたいなの」

胡乱《うろん》な目をする脇坂に、お七は説明する。

日本中にある古戦場跡《こせんじょうあと》はいかにも怪異が起こりそうなのに、実はそうでもない。その理由は、戦場に持ち込まれた大量の刀や槍《やり》である。

なにせ刀は火と鍛冶《かじ》の神様の恩恵《おんけい》を受けて、職人が丹精《たんせい》込めて打った品で、そこいらにある鍋《なべ》や釘《くぎ》とは違う。なかには鬼の首や腕をちょん斬ってしまう名刀なんぞもあって、凄い力が宿っていたりする。神器《じんぎ》とまではいかずとも、怪異にとってはあんまり心地好いものではない。

守り刀なんて風習もあるぐらいだから、みんなもそのことには薄々勘づいている。だから生身の人間が探し回るよりも、怪異である影女に当たりをつけさせるほうがよいとお七は思ったのだ。

『あー、この辺なんだかいけ好かない。おーい、あったよー』

影女が手招きをする。

指差した場所は地面ではなくて上であった。

辻斬り相手に激しく斬り合っているうちに折れた支倉忠長の刀の先は、はずみで宙を飛び、竹の上のほうに引っかかっていたのである。これでは幾ら足下を探したとて見つからぬはずだ。

お目当ての品は高所にある。そこで脇坂が腰の同田貫を抜いた。すこんと小気味《こきみ》よい音がして竹が斬り倒される。

『待ちな、そいつに触るんじゃないよ！』

ただちに回収しようとしたのだけれども、影女の制止に脇坂は慌てて手を引っ込め、お七は首を傾げる。

『なにやらおかしな気がこびりついている。それもたいそう血腥《ちなまぐさ》くて、どろりとして鼻がひん曲がりそうなのが……あたいやお七はともかく、だんなが触ったら障《さわ》りがあるかもしれない』

脇坂は「うひゃあ」と飛び退き、お七は近づきしゃがみ込んで、しげしげと発見した刀の切っ先を観察する。

「わたし、これまで色んな怪異を拝んできたけど、実は妖刀ってのは一度も見たことがないんだよねえ。やれ持ち主や家に祟《たた》るだの、正気を狂わせ凶行に走らせるだの、そういう読み物は多いけど、実際のところはどうなのか不思議だったんだ。だけどこいつからはおっ母さんの言う通り、たしかに嫌な感じがする。でもどうして支倉様の刀が？

うーん」

しばし刀の切っ先と睨《にら》めっこをして、お七はあることに気がついた。

「あっ！　そうか。この妖気は相手が残したものなんだ。ということは支倉様が戦ったのは妖刀を手にした人物ということになる。斬り合いで支倉様の刀にまで妖気が移ってしまったんだろうね」

刀と怪異の相性はよくない。

怪異が宿って妖刀になるというのは、本来は矛盾があることなのだ。高僧が経を唱えつつ彫った観音様《かんのんさま》が鬼になるようなもの。

なんにせよ、辻斬りが持つ得物がただの刀じゃないことだけはたしかとなった。

「寄らば斬る怪異とかしゃれになんないよ。以蔵親分の話だと強いお武家さまばかりが狙われているみたいだし、早くなんとかしないと手に負えなくなるかも」

怪異には滅法強いお七とて、いきなり斬られては流石にお手上げである。

「くそっ、妖刀だかなんだか知らんが、下手人がわかればおれが仇を討つのに」

脇坂は悔し気に同田貫の柄《つか》をがちゃりと鳴らした。

「……ひょっとしたら下手人を誘い出せるかも」

なにやら考え込んでいたお七は、はっと顔を上げてそう呟いた。

◇

折れた刀の先を見つけてから方々を駆けずり回り、お七たちがすべての準備を終えたのは二日後の亥《い》の刻であった。町ごとの木戸はとっくに閉じられており、よほどのことでもなければ通してもらえない頃合いだ。

お七と脇坂、以蔵親分、鉄之助がやってきたのは、支倉忠長が倒された竹林近くにある小池のほとりである。岸辺には篝火《かがりび》が焚《た》かれている。

戸板にこんもり盛られた塩の山が四つと、それに囲まれるように、神事などに使われる三方台に載せられた折れた刀の切っ先が、煌々《こうこう》と照らされている。

脇坂が刀の脇に控《ひか》える。戦いを前にして、目を閉じ静かに闘気を高めつつ、精神を研ぎ澄ましている。いつもの着崩した格好ではなく襷《たすき》を結び、鉢金《はりがね》の額当てをし、籠手《こて》を身につけ、腰には愛用の朱鞘の同田貫を下げている。

勇ましい姿の脇坂から少し離れたところに身を潜めているのは、お七と岡っ引きの以蔵親分だ。

「なぁ、お七ちゃん。こんなので本当に辻斬りが釣れるのかい？」

「うーん、多分いけると思うんだけど」

「多分って……これでも方々に頭を下げて段取りをしたんだから。上手くいってもらわないと伊藤《いとう》さまにどやされちまう」

伊藤とは、以蔵親分の上役にあたる本所見廻与力《ほんじょみまわりよりき》のこと。大柄で、きりりとした眉に鋭い眼光の男である。男ぶりがいいから町の女衆にはたいそう人気がある。

だけどお七は知っている。彼が蟷螂《かまきり》を前にしただけで冷や汗をたらたら流し、路地から飛び出してきた黒猫に「ひゃあ」と驚く、見かけ倒しだということを。

とはいえ、与力としてはそこそこ優秀なのである。

さて、伊藤の話はいったん置いておいて、今宵《こよい》の仕掛けはこうなっている。

支倉忠長の折れた刀の切っ先にこびりついた怪異の残滓《ざんし》を、お七が丹精込めて拵えた塩山で囲む。

この状況は怪異の残滓にとっては拷問《ごうもん》に等しい。あまりのおっかなさにぴぃぴぃ泣き喚《わめ》く。するとこれを察した本体が「どうした？」と誘《おび》き寄せられるという寸法である。

罠《わな》を張るにあたって、伊藤が骨折りをしてくれたのだが、捕り物に人は出せないということだった。怪異なんぞに町奉行所が出張るわけにはいかないと、建て前の事情があった。そして他にも、例の辻斬りがひょっとしたら、けっこうな身分かもしれないというのだ。

相手が大名やら立場のある武士となれば、町奉行所はおいそれとは動けない。

「お武家さまって本当に面倒臭いよね」

「まったくだ」

お七と以蔵親分が、伊藤から聞いたことについて話していると、「ひょうひょう」と鵺鳥《ぬえどり》の声がした。これは鉄之助からの合図だ。鉄之助は木の上に隠れて、敵が来るのを高所から見張る役をしてくれている。

脇坂はかっと目を見開く。水桶より柄杓《ひしゃく》ですくった水を口に含み、刀の柄にぷっと吹きかける。それを横目に鉄之助は木から下り、お七たちに合流した。

「それらしいのが来やしたぜ。こんな夜更けに供も連れずに一人、頭巾姿《ずきんすがた》の怪しい野郎だ。しかし、あいつはやべえ。脇坂のだんな、大丈夫かなぁ」

元忍びが心配するほどなんて、いったいどんな相手なのか。いちおう脇坂には秘策を授けてある。いざともなればお七たちも加勢するつもりだ。

ざっ、ざっ、ざっ、足音が近づいてくる。

目元だけ見えている頭巾を被った、恰幅《かっぷく》のいい武士が現れた。金糸《きんし》が織り込まれた上等な召し物を着ている。家紋《かもん》の類は見当たらないが、身形や雰囲気から相当な身分の者だとわかる。大柄《おおがら》な、どっしりした岩のような男だ。お七には、全身から赤い妖気が焔のごとく立ち上っているのが視えた。

頭巾の男が静かに剣を抜く。途端に濃厚な血の匂いが周囲に満ちた。空気がざらりと淀《よど》む。息苦しさを覚えて以蔵親分と鉄之助が苦しげにうめく。

はっとしたお七は、すぐに愛用の巾着に手を突っ込み、自分たちの周囲に塩を撒いた。たちまち男たちの表情が和《やわ》らぐ。

「すまねえ、お七ちゃん」

「助かったよ。しかしこいつは……」

「ちょっと考えが甘かったかも。やばいなんてもんじゃない。妖刀がこれほどだったなんて」

なんという禍々《まがまが》しさだろうか。鉄之助と以蔵親分は固まり、お七もいつになく険しい表情となる。

「強き者、血、肉、骨、剣、振る、斬る斬るきるきるきるきるっ」

頭巾の男がぶつぶつ呟いている。垂れ流される強烈な殺意。その狂気じみた姿が、声が、想いが、お七にはありありと感じられて、体の芯から震えてしまう。

これでは助太刀《すけだち》どころではない。もしもいま襲われたらなにもできずに首をちょん切られるだろう。鉄之助と以蔵親分も相手の異様な気配に呑まれつつある。

けれどもただ一人、臆することなくすべてを受け止めている男がいた。

それは、妖刀持ちの辻斬りと対峙している脇坂である。

「うおおおぉぉぉぉーっ！」

脇坂が雄叫びを上げる。剣豪として名高い義弘に、幼少より鍛えられた男が発した剣気。勢いよく抜き放たれた同田貫の刃が一閃《いっせん》し、邪悪な闇を照らす。この一刀にて妖気を打ち払い、お七たちの拘束をも解いてしまった。

そして戦いが始まる。

白刃《はくじん》が閃きぶつかり、火花を散らす。ひらりと舞っては翻《ひるがえ》りまたぶつかる。

打ち合う度に、鋭く響く刀の音。

突く、薙ぐ、払う、斬る、振り下ろし、切り上げる……正眼《せいがん》の構えから互いに、剣の妙技を次々繰り出す。篝火の明かりを受けて煌めく刃がほのかに赤い。

激しい立ち合いである。これが剣の達人同士の真剣勝負なのか。本気となった脇坂の、剣がこれほどであったのかと、お七たちは舌を巻くばかりであった。

一方で、それを嬉々として受けている妖刀持ちの辻斬りも相当強い。必死の形相である脇坂に対して、男の頭巾の奥の瞳には、焦りの色が微塵《みじん》も見られないのがどうにも不気味である。

お七の目には、いまのところ勝負は脇坂が押しているように見える。

支倉忠長の仇討《あだう》ちにて必勝を誓う脇坂。ただ斬ることに固執している刀の怪異。

両者では一刀に込める想いがまるで違う。

激しい斬り合いの中、辺りが急に暗くなった。辻斬りが篝火を蹴飛ばし、池へと叩き落としたのだ。

夜は怪異の時間にして、闇は怪異の住処《すみか》である。刀の怪異が牙《きば》を剥《む》く。

すると突然、暗闇の中にぱっと火花が咲いた。ほんの一瞬だけ脇坂の姿が浮かんだと思ったら、すぐに闇に溶ける。

せめて月でも出ていればよかったのだが、急に寒風《かんぷう》が吹き、雲が垂れ込め、闇をいっそう深くした。これもまた刀の怪異の仕業であろうか。

以蔵親分が急いで手持ちの提灯《ちょうちん》に火をつけようとするも、焦って上手くいかない。

「このままだと脇坂さんが！　ええい、こうなったらおっ母さんお願いっ」

お七は影女を呼び出そうとする。けれど、鉄之助がそれを止めた。

「脇坂のだんなの邪魔をしちゃいけねえ。それにどういったわけだか、だんなには相手の姿がちゃんと見えているみたいだ」

鉄之助は元忍びだから、普通の人よりも夜目が利くのだ。

お七は音を頼りに、脇坂が戦っているであろう場所を凝視する。そうしたら、ぽつんと小さな光が動いているのが見えた。

闇夜に淡い黄緑《きみどり》色の光が浮かぶ。指先ほどの大きさで、それは蛍の光のように淡く儚《はかな》く、でも力強く明滅《めいめつ》している。光を灯《とも》しているのは辻斬りの妖刀で、どうやら脇坂はあの光を頼りに剣を振るっているようだ。

「あの光はいったい……」

「光？　そんなものいったいどこにあるってんだいお七ちゃん」

鉄之助と以蔵親分は首を傾げた。二人に見えないということは、あれはただの光ではない。その正体に気づいた途端に、お七の頬を涙が伝う。

「あぁ、そうか。あれは剣客《けんかく》の意地だ。相手が支倉様の折れた刀の切っ先に妖気を残したように、支倉様もまた相手の刀に己の剣気を刻んでいたんだ。それが脇坂さんに加勢している」

お七はそう言って、脇坂を見つめる。

老剣客の想いが、真なる武士の一分が、刀に宿った。実の孫のように可愛がり、己の仇討《あだう》ちにと立ちあがった男の窮地《きゅうち》にそれが顕現したことに、お七は咽《むせ》び泣く。

そして確信した。いかに妖刀を持つ辻斬りが強かろうとも関係ない。

二人の剣客の想いがぴたりと重なり、心技一体となったいまの脇坂に、その同田貫に勝てる者なんぞいるものか。

闇の中に浮かぶ小さな光を見据《みす》え、脇坂は剣を握る手にいっそうの力を込める。

光がゆらりと上へ動き。それにより相手が上段、天の構えとなったことがわかった。ひと息に一刀両断《いっとうりょうだん》するつもりなのだろう。

脇坂に相手の姿は見えていない。すべてはあの光頼りである。けれど、不思議と不安はなかった。あの小さな光が明滅しながら「迷わずここに打ち込め」と告げている。

「支倉の叔父御、刀を折られてさぞや無念であっただろう。だが借りはおれがきちんと返す。しかとその目に刻んで逝きな」

脇坂はすっと切っ先を下げ、下段の構えをとった。懐《ふところ》より竹筒を取り出し中身を同田貫の刃へと垂らす。

これはお七より託された秘策である。王子稲荷《おうじいなり》の神主に祈祷《きとう》してもらった御神酒《おみき》に、お七が塩をぶち込んだ特製の品。味は最低だが、ご利益はとびっきりだ。

ただし塩水ゆえに、刀との相性は最悪である。当初は隙を見て相手にぶっかける算段であったが、とてもそんな余裕はない。

ましてやこの暗闇の中、より確実に必殺の一刀を打ち込むにはこれしかないと脇坂は腹を括《くく》った。

剣速は上段のほうが有利である。一気呵成《いっきかせい》に攻める様から火の構えとも呼ばれている。対して下段は上体を敵前に晒す。剣を持ち上げるので剣速もやや遅れがち。勢いよく突っ込んでくる相手には明らかに不利な構えである。

しかし、脇坂はあえて下段を選んだ。そこにこそ、祖父と支倉忠長より託された剣の極意があったからである。

真っ直ぐに脇坂へと襲いかかる辻斬り。剣が迫る。

対する脇坂は踏み込まず。代わりにその場でひと差し舞った。それはまさしく踊りのような動きである。

辻斬りに背を向けくるりと回る。同田貫の切っ先が地面すれすれを滑《すべ》り、銀の軌跡が描かれる。徐々に剣速が増し、切っ先は空へと跳《は》ねた。その様は朝焼けの中を、鳥が水面より飛翔《ひしょう》するかのようであった。

天から地へと落ちてくる辻斬りの刃。

地から天へと飛び立つ脇坂の刃。

その二つが、空中で激突する。

刹那《せつな》、はじかれたのは妖刀のほうであった。辻斬りは上段の体勢のまま押し返され、両手を挙げた格好になる。頭巾から覗く二つの目が見開かれていた。

間髪《かんはつ》容《い》れずに脇坂の刃が首筋へと迫る。ひらりと空高く舞い上がった鳥が、急旋回《きゅうせんかい》し滑空《かっくう》するようである。鋭い斬撃《ざんげき》は、崩れた体勢では防ぎ切れない。

しかし、辻斬りは辛《かろ》うじて受け止めてみせた。人間には到底不可能な、明らかに不自然な動きである。妖刀が宿主を庇ったのかもしれない。

それにより、脇坂の同田貫と辻斬りの妖刀が鍔迫《つばぜ》り合《あ》いとなる。

脇坂が相手に体を寄せ、ぐっと押す。同田貫の背に身を預け、力のかぎり刃を押し込む。並みの刀でこんな無茶をすれば折れるなりひん曲がるなりしてしまうが、戦国の色をなおも濃く残す脇坂の相棒なればこその荒技である。

堪えられずに、辻斬りが片膝をついた。

ついに同田貫の刃がその首筋に届く。

さぁ、いざ仇討《あだう》ち成就《じょうじゅ》である。

脇坂と辻斬りの目がしかと合ったところで、同田貫が閃く。

闇に血の大輪《たいりん》が咲き、妖気が霧散《むさん》した。

刀の音が止み、静寂《せいじゃく》が訪れる。

「脇坂さんっ」

「大丈夫だ、怪我もない」

不安になったお七の呼びかけに、脇坂が返答する。

「よかったぁ」

「流石は脇坂のだんなだ」

「ああ肝が冷えた」

一同が安堵《あんど》したものの、お七たちはいきなり強い明かりに照らされて目が眩む。

それは龕灯《がんどう》の光だった。内側に特別な銀張りでもしてあるのか、ぎらぎらと強く光っている。

龕灯は夜間の捕り物で岡っ引きたちが使う道具である。だから一同は本所見廻与力の伊藤が、身を案じて応援を寄越してくれたのかと思ったが、そうではなかった。

逆光の中に複数の影が浮かぶ。

「我ら公儀《こうぎ》の者である。ご苦労であった。あとはこちらで引き受けよう」

聞こえてきたのは、一方的な通達であった。

「やいやい、さっきから黙って聞いていれば――」

この言い草にかちんときた以蔵親分は、腕をまくって文句を言いそうになる。

「だめだ！」

それを止めたのは鉄之助であった。

「これだけの数が近くに潜んでいたのにまるで気づけなかった。とんでもない手練れ揃いだ。逆らっちゃあ命が幾つあっても足りねえよ」

死闘で疲弊し片膝をついている脇坂をちらりと見やりながら、鉄之助はお七たちにそう言った。

鉄之助が両手を挙げゆっくりと下がる。お七と以蔵親分もこれに倣《なら》う。脇坂も刀を納めて、倒れている辻斬りから離れた。すると、再び龕灯の明かりが顔へと向けられた。

四人が顔を伏せているうちに、影たちが手際よく辻斬りの遺体と妖刀を回収してゆく。

そして、ふっと明かりが消えたと思ったら、それきり静かになった。

どうやら行ってしまったらしい。妖刀退治のために用意した盛り塩までちゃっかりなくなっていた。

「いったいなんなのよっ、あいつら！　せめて塩代ぐらい置いてけーっ！」

お七は悔しがって叫ぶのだった。

◇

妖刀騒ぎがあった数日後。

柳鼓長屋の近所にある堀にて、脇坂はぼんやり釣り糸を垂らしていた。猫も腹を見せ、日向ぼっこをする暖かい陽気の下、ぴくりともしない竿に大欠伸する。その腰に朱鞘の同田貫の姿はない。

妖刀持ちの辻斬り相手に、仇討《あだう》ちを見事に果たしたものの、直後の公儀介入の折《おり》に、つい塩水に濡れたまま納刀してしまったのだ。気づいた時にはあとの祭りだった。修繕《しゅうぜん》のために同田貫は馴染みの研ぎ師預かりとなった。

刀がなければ、脇坂は手持ち無沙汰の商売あがったりである。暇を持て余して釣りに来たものの、剣とは違って、こっちの腕はからっきしだめだった。

付き合って釣り糸を垂らしているお七は隣をちらりと見る。支倉忠長の死でやや荒れていた脇坂であるが、仇討《あだう》ちを果たしても殺伐《さつばつ》とした空気がなかなか抜けず、案じていた。しかし、この分ではもう大丈夫そうだ。

刀の怪異の障りもなく、お七はひと安心していた。

「同田貫、どうにかなりそう？」

「ああ、全部ばらして徹底的に総ざらいするってよ。あと親方にしこたま怒られた。よもやこの歳になって瘤《こぶ》ができるほどの拳骨《げんこつ》をもらうとは思わなかった」

傷んだ同田貫を持ち込んだ時に一喝《いっかつ》され、ごちんとやられたそうな。

妖刀相手に一歩も引かず、無双の剣を披露した豪傑《ごうけつ》も、頑固一徹《がんこいってつ》の職人には敵わない。

殴られた頭を痛そうに撫でる脇坂の仕草がおかしくて、お七がついくすりとしたところで背後から声がした。

「釣れますか？」

振り向くと、どこぞの若旦那風の男が立っていた。

「さっぱり」

おおかた釣り好きの暇人であろうと、お七は肩をすくめてみせる。けれども脇坂は違った。表情が強張《こわば》り、剣気が放たれる。

お七はぎょっとする。なのに若旦那風の男はにこにこ笑みを崩さぬままであった。

「おや、化けるのには自信があったのですが、どうやら脇坂さまには見破られてしまったようですね」

この若旦那風の男、実は仇討《あだう》ちの夜に現れた公儀の者のうちの一人であった。いわゆる隠密《おんみつ》である。

ではどうしてそんな男がまたお七たちの前に姿を見せたのか。

「いや、お七さんがおっしゃったんじゃないですか。塩代を払えって」

「あっ」

お七は思わず声を上げる。

「まぁ、無視してもよかったんですけど、脇坂さまや柳鼓の塩小町とは、今後とも誼《よしみ》を結べればとの下心もありまして……それに鉄之助さんでしたか、あの活きのいい兄さんにうろちょろされても困りますし。そこでお礼と一緒に事件のあらましについて、話せる範囲でお伝えしておこうかと思いましてね」

語られたのは刀の怪異についてのあれこれで、それはかなり血腥くおぞましい話であった。

◇

ずっと昔、嵐の夜に悲劇が起きた。

とある社《やしろ》の宮司《ぐうじ》一家が惨殺され、ご神体が盗まれたのである。

奪われたのは赤子の頭ほどの石塊《いしくれ》であった。それは見た目より重く、鉄を引きつける不思議な力を宿していた。伝わるところでは星の海より落ちてきたという。

その正体は隕鉄《いんてつ》とよばれる特殊な鋼《はがね》で、どこぞでその噂を聞きつけた盗賊が、社から奪い去ったのだ。

盗まれた隕鉄は播磨《はりま》の海を渡り畿内《きない》各地を点々とするうちに、洛外《らくがい》に居を構えていた刀匠のところへと流れ着いた。

せっかく手に入れたものの、普通の鋼とは違い炉《ろ》にかけてもびくともせず、刀匠が手をこまねくうちに気づけば十年もの歳月が経っていた。

「ここが己の限界か」

刀匠が諦めかけた時、彼は一冊の古い書物と巡り合う。大陸の呪法《じゅほう》について書かれた書で、そこには彼が長年探し求めていた答えがあった。

だが、その方法はあまりにも惨《むご》かった。

生きたまま母を火にくべ、生きたまま妻子を炉に放り込んで隕鉄とともに煮溶かし、打ち鍛えた刀身を生娘《きむすめ》の血溜まりにて冷やし、寡婦《おんなやもめ》の髪を絡めて刃を研ぐ。

まさに、悪鬼の所業である。まともな人間のすることではない。

だから、刀匠は自らの見た内容をすべて忘れようとした。しかし老いさらばえるうちに、かま首をもたげるのは職人としての渇望《かつぼう》であった。

「至高《しこう》のひと振りを打ちたい」

その欲望に負けた刀匠は、ついに地獄の道へと堕《お》ちた。

こうして世に産み落とされたのが、あの禍々しき妖刀であった。

業が凝り固まって狂気が形を成した人造の怪異である。

滅することもままならず、幾多の悲劇を引き起こしたあと、ある大社にて厳重に封印されていたのだが、どうやら、また世に出回ってしまったらしい。

◇

「そりゃあ暴れもするよ。神様として祀られていたのに、いきなり神座から下ろされるわ、血で穢されるわ、乱暴な方法でこねくりまわされるわ、散々なんだもの」

話を聞き終えたお七は、思わず嘆息した。

もしも正しい方法を選んでいれば、神刀《しんとう》として後世にまで受け継がれる存在と成り得たかもしれないのに、そう考えるとあの妖刀も哀れだ。

だからといって、斬られた者はたまらない。大切な人が犠牲になった脇坂は怒りを露わにする。

「いかなる事情があったか知らぬが、なんと迷惑な。そのような危険な刀を表に出すとはな」

「おぉ怖い」

脇坂より睨まれ、若旦那風の男が身震いの真似をする。

「実はここだけの話、うちも手酷く殺《や》られてましてねえ。手配した陰陽師《おんみょうじ》が三人に坊主が八人、手練れが五人に下っ端連中が二十人ばかし、他にも何人か行方知れずでして、おそらくはもう……」

なかなか妖刀を回収できなかった理由として、妖刀を手に入れたお武家の身分が厄介だったのもある。

その侍は、ゆくゆくは若年寄や老中なんて地位も狙えるお立場であった。そりゃあ町奉行所もびびって腰が引けるというものだ。

男の話を聞くほどにお七はげんなりし、脇坂は不機嫌となる。

「いやはや、しかし柳鼓の塩小町のご利益たるや凄いですねえ。長いこと誰も調伏《ちょうぶく》できなかったあの妖刀が、お七さんの塩に漬けられた途端に、ほんの数日で朽ちて粉々に砕けてしまったんですから。おかげで助かりました。つきましては……」

若旦那風の男は、そう言ってお七に包みを渡した。

受け取ったお七は手の中の重さにぎょっとする。広げて見れば、小判の切り餅が、ひの、ふの、みの、よっつ、も包まれていた。

大金にお七が卒倒しそうになったのを、慌てて脇坂が支える。

「塩の代金にしてはいささか多いな。口止め料も込みということか」

「いえいえ滅相《めっそう》もない。脇坂さまの同田貫の修繕の足しにと思いましてね。おや、だんなの竿に当たりが……」

脇坂が竿の先を見ると、ぴくりと動いている。

二人がそれに気を取られているうちに、若旦那風の男に化けていた隠密はどろんと跡形もなく失せていた。

其の三　近江屋《おうみや》の偽怪異騒動《にせかいいそうどう》

「福屋の豆大福を頂いたからおいでなさいな」

お良からそう誘われ、お七と千代は長屋の一室にお邪魔していた。

千代は六つになる愛らしい童で、ご隠居こと伊勢屋清右衛門の末孫だ。

本来ならば蝶《ちょう》よ花よと育てられる大店の箱入り娘なのに、こんな暮らしをしているのには事情がある。

実は千代は、ご隠居の息子がお妾《めかけ》さんに生ませた子なのである。そのお妾さんは亡くなり、残された娘を家に迎え入れたところまでは、ご隠居の息子も立派であった。

しかし、当然ながら本妻は面白くない。他の子どもたちも戸惑う。継子《ままこ》いびりなんぞはしないが、気づけば家の中がぎくしゃくしていた。

影響は店のほうにも及ぶ。腫れ物扱いされた千代は孤立して心を閉ざし、笑顔を忘れた。これを不憫《ふびん》がってご隠居が引き取ったという次第である。

「ありゃ？」

お良が飼っている三匹の猫と戯れ、楽しく過ごしていると、お七が素《す》っ頓狂《とんきょう》な声を上げた。

「この子、尻尾が分かれてる」

黒猫が長い尾を揺らしながら「なぁ」と鳴く。千代も見てみるが、幼女の目には普通の尻尾にしか見えない。

猫の中には稀《まれ》に尾が分かれて、少しばかり不思議な力を持つ、猫又《ねこまた》になるのがいる。彼らは祟ったりはしない。猫にとって人間は、餌《えさ》や住処を与えてくれるお得意様だ。甘えて貢がせ転がして、そうやって人間と猫は共存してきた。

「おや、またかい。どうしてうちに居つくのは猫又になる子ばかりなんだろうねえ」

縁側で煙管《きせる》をふかすお良の言う通り、実は猫又になるのはこれで三匹目だ。

まぁ、尾が二つだろうが三つだろうが猫は猫。その愛らしさが損なわれることはない。ましてや、ここは柳鼓長屋である。妙ちきりんな祠が祀ってあり、差配の孫娘は怪異に滅法強いときている。さらに、店子は元忍びに凄腕の仇持ち浪人、怪異狂いのご隠居に、謎多き麗人など、曲者揃いだ。猫又くらいでどうということはない。それがお良とお七の認識であり、千代もその影響を受けつつある。

お手製の猫じゃらしで千代が斑猫《ぶちねこ》と遊んでいる。

「なにかに使えないかなぁ」

お七はその横で、抜け落ちている毛を集めては思案していた。

二人を横目に甘えてくる白猫と黒猫をかまいつつ、お良は三味線の弦の調整をしている。

そんな穏やかな時間を破ったのは、突然やってきたご隠居であった。

人に会う用事があるので千代をお七に預けて出掛けていたのだけれども、息せき切って戻ってきたようだ。

「お七ちゃんや、すまんが一緒に近江屋まで来ておくれ。視てもらいたいものがあるんじゃ」

怪異狂いのご隠居は、視る目はさっぱりだがやたらと拾ってくる性質《たち》である。そんな老爺がお七を頼るのは、決まってその筋の厄介事だ。

口をへの字にしたお七は、しぶしぶ腰を上げた。

お七は経験から学んでいる。この手の話は幾らそっぽを向いたところで、あっちから寄ってくる。

かくして柳鼓の塩小町は、またもや怪異絡みの事件に巻き込まれるのであった。

名立たる大店が軒《のき》を連《つら》ねる日本橋《にほんばし》は、もっとも勢いのある商い処である。

そこで末席ながらも呉服《ごふく》を扱っているのが近江屋だ。店主の喜三郎《きさぶろう》はまだ四十前ながらもやり手で、相続分として親からもらった小店を育て、大店に数えられるほどにまで成長させた。

ご隠居は喜三郎の父と懇意《こんい》にて、二人は師弟みたいなもの。だからとて「近江屋喜三郎を育てたのはわしだ」と豪語するのはいかがなものかと、お七は思っている。

「それで、その近江屋さんがどうかしたの？」

「実は家の中で奇妙なことばかり起きて、喜三郎の一粒種《ひとつぶだね》の加助《かすけ》はすっかり怯えてしまい、奥方のさなえ殿も心労で寝たり起きたり。店の者らも不安がり商いに身が入らず、主人の喜三郎もほとほと困っておるのじゃ」

ご隠居はそう言って、ため息を吐いた。

気配を感じて見てみれば障子越しに女の影があり、すぐに開けてみるも廊下には誰もいない。

また、夜中にふと目を覚ますと天井裏をなにかが這うような音がする。寝ぼけ眼《まなこ》で薄闇を凝視すれば天板がずれており、女の長い濡れ髪が隙間から垂れていた。

厠《かわや》に行って戻ってみれば、部屋の中がしっちゃかめっちゃかになっていたり、明け方近くのこと、中庭が騒がしいので駆けつけてみれば、祀ってある小稲荷の祠が倒壊していたりしたこともある。

夜の廊下に衣擦《きぬず》れの音がして、女官らしき後ろ姿を見た。

などなど、これらは近江屋で起きた怪異のほんのごく一部で、いまはまだ表沙汰になっていないがこのままだと少々まずい。商売は評判が命だ。薄気味の悪いことが続いていると知られたら、客足が遠のくだろう。

「そこで柳鼓の塩小町の出番というわけじゃ」

「というわけじゃ、ってご隠居さん。わたしは別にこれを売りにしているわけじゃないんだけど」

お七は怪異に強いことを飯の種にしようとは、ついぞ考えたこともない。おきゃんだった母ひのえの姿を間近に見て育ったお七は、所帯を持って平穏に暮らすことを望んでいる。怪異退治で評判になんかなりたくない。

しかし店子からの頼みとあってはしょうがないので、お七とご隠居は二人で近江屋に向かうことにした。

◇

到着すると、商いの邪魔にならぬよう、まずは通りを挟んだ物陰から店の様子を窺《うかが》う。

「どうだ、なにかよからぬものがひしめいておるか？」

わくわくしているご隠居には申し訳ないが、お七は首を横に振る。

そして次は裏へ回る。途中で二度ほど足を止めて確認するも、やはりなにも感じない。いざ裏木戸から中へ入っても変わらず、敷地内の空気もからりとしている。地相にも恵まれているようだ。

どんよりしているのは家の中のみだが、それは怪異や陰気のせいではなくて、住人たちが気落ちしているせいだ。

お七が幾ら目を凝らしてみても、なんら異常が見受けられなかった。

はて？　話が違うと、お七は首を傾げた。怪異はないと断言できる。でもなにやら引っかかる。

ご隠居と近江屋の主人である喜三郎は親しい間柄だったので、すぐに客間へと通してもらえた。けれども先客がいたらしく、しばし待たされることになる。

茶と落雁《らくがん》を振る舞われ、まったり過ごす。

待っている間、ずっと自分が感じていた違和感の正体について考えていたお七は、あることに気がつき、顔を青くした。

「いけない！　ご隠居さん、ちょっと耳を貸して」

お七はひそひそと耳打ちする。

「怪異がいないのに家の中で変事が続いている。それこそが問題なの。ひょっとしたら、身内の誰かが悪さをしているのかもしれない」

近江屋に獅子《しし》身中《しんちゅう》の虫が潜んでいる。

「お待たせしてすみません」

ご隠居がぎょっとしたところで、喜三郎が現れた。

喜三郎の表情は晴れやかで、まるでもう悩みは解決したと言わんばかりの態度である。

これにはお七も首を捻り、ご隠居も眉根を寄せる。

すると喜三郎はこう言った。

「この度はみっともないことでお騒がせしまして、実はうちの怪事を知った兄が、たいそうな御力を持った修験者を連れてきてくれましてね。いやはや、これでもうひと安心です」

喜三郎には兄が二人いる。長男の喜一郎《きいちろう》は実家を継いで立派にやっている。

だが、次男の喜二郎《きじろう》はあまり素行がよくない。早々に相続された身代《しんだい》を潰し、いまでは莫山《ばくざん》なんぞと名乗り、粋人《すいじん》を気取っては浮ついた暮らしをしている。方々に借財を重ね身内に迷惑をかけるろくでなしである。

すでに親族中からそっぽを向かれているが、末弟《まってい》の喜三郎だけはそれとなく次兄を気にかけているというから、本当に人がいい。

そんな莫山が修験者を連れてきたという。まるで芝居の筋に沿ったかのような、登場である。

「なんのかんのいってもやっぱり兄さんだ」

そう言って喜三郎は喜んでいるが、お七からすれば胡散臭《うさんくさ》いったらありゃしない。

それはご隠居も同じらしく、苦虫を噛み潰したような顔をしている。

しかし、喜三郎は一人浮かれている。どうやら渦中《かちゅう》にいる者は目が曇るものらしい。

修験者は織田綺堂《おだきどう》という男で、一つが小玉の瓜ほどもある数珠《じゅず》を首から下げ、草臥《くたび》れた法衣《ほうえ》から覗く手足は太く傷だらけ。錫杖《しゃくじょう》をどんと突き「吽《うん》」とうなる様は、いかにも凄い修験者というような風体であった。

「こりゃあ分が悪い」

「なぬ？　それほどの実力の持ち主なのか」

織田の姿を見て漏らしたお七に、ご隠居が驚く。

「違う違う」

苦笑いするお七。

お七が分が悪いと思ったのは、霊験《れいげん》云々によるものではない。

厄介なのは、ずばりその見た目である。

たとえば、橋の下に住む物乞いと上等な着物姿の旦那がいて、とある茶碗を指差しそれぞれこう言ったとしよう。

「素晴らしい。城と交換するほどの値打ちがある」

物乞いは絶賛する。

「二束三文《にそくさんもん》の値打ちしかない。猫の餌やりにでも使うんだね」

旦那は酷評《こくひょう》する。

実は物乞いの言っていることが正しくて旦那に見る目がなくても、世間の大多数は旦那の言葉を信じるだろう。

これと同じことが、お七と織田にも当てはまる。

お七の怪異無双っぷりを知るご隠居や周囲の者たちであればともかく、近江屋のご主人は、十中八九それっぽい織田綺堂を信じて傾倒《けいとう》するに決まっている。

「あそこまで徹底して、いかにも修験者ですって身形をしているのが、逆に怪しいよ。きっとあの織田綺堂って人は、ろくに力なんてないんじゃないかな」

「あやつは騙《かた》りか！」

ご隠居は憤《いきどお》る。

「そういうこと。でもね、だからこそあれはなかなか厄介だよ」

お七は怪異には滅法強いが、今回の相手は怪異が視えると偽り強請《ゆす》りたかりを得意としているであろう輩、いわば騙しの玄人である。

巧みな話術と役者顔負けの名演技、脅してなだめて散々に獲物の心を翻弄《ほんろう》しては意のままに操り、金を無心《むしん》して骨の髄《ずい》までしゃぶり尽くす。

これまで近江屋に起こった様々な怪事も、おそらくは織田たちの仕業だろう。

奴らは満を持して店に乗り込んできている。一方で、お七たちは完全に出遅れた。

「幾らわたしが『ここに怪異なんていない』と叫んだところで無駄だと思う。連中に言いくるめられるのがおちだよ。悔しいけどここは出直そう」

このままでは勝てない。お七とご隠居はひとまず引き揚げることにした。

◇

料理屋も営む舟宿に莫山と織田が小舟で乗りつける。

離れに案内されると、博徒《ばくと》風の男の姿があった。

「よぉ、首尾は？」

「ちょろいもんです。喜三郎の奴、ころりと騙されやした。明日近江屋の奥に祭壇《さいだん》を設《もう》けて、明後日には祈祷の運びとなりやした」

莫山はにやりといやらしい笑みを浮かべる。

「しかし弟の身代を掠《かす》め取ろうとは、とんだ兄がいたものよ」

織田はどっかと腰を下ろし、手酌《てじゃく》し始めた。

首から下げた大きな数珠飾りを畳《たたみ》に放り出し、いよいよ荒くれ者の姿を曝《さら》け出す。

「そこは、兄弟ゆえの複雑な心情というやつでして。出来のいい弟を持つと兄はいらぬ苦労をするんですよ」

莫山は苦々しげにそう言った。

上が優れているのはいい。だが下までそうだと立つ瀬がない。

真ん中だけがとんだみそっかすだと、周囲や親族どもから馬鹿にされ続けた次兄の心は少しずつ荒《すさ》んでいった。

「これで真っ当に育つというのならば、自分でやってみろといった次第でさぁ」

莫山の身勝手な言い草に仲間らはくつくつと肩を震わせた。

男たちは一献《いっこん》傾《かたむ》けながら今後の手筈を相談する。その一部始終を床下に潜んで聞き耳を立てている者がいるとも知らずに……

◇

近江屋から撤退したお七とご隠居は、すぐに鉄之助に頼み、莫山らの動向を探ってもらうことにした。

「呆れた！」

鉄之助から報告を受けたお七は、思わず声を上げる。

その内容は莫山と織田によるたいそうな身代横取り計画であった。

まず怪異をでっちあげて脅し、いんちき修験者になって涼しい顔で乗り込む。

そして嘘の加持《かじ》祈祷を行い、先祖の因縁だの前世の報いだなんぞとさらに怖がらせる。

『この因果を断ち切るには、親子でお伊勢参りをして天照大御神《あまてらすおおみかみ》にすがるしかない』

最終的にはこんなことを吹き込んで、大店を放り出して長旅をするように仕向ける。

『留守の間のことは任せておけ。まずは家族第一。さなえさんと加助坊をしっかり守ってやんな』

店主の喜三郎が渋った場合には、莫山がこう言って、兄貴風を吹かせ、騙す。

そして一家が箱根の山中に差しかかったところで始末すれば、そっくり近江屋の身代が莫山に転がり込んでくるという算段であった。

実の兄が弟一家を殺して身代を奪うとは……あまりの鬼畜外道っぷりに、喜三郎ら三兄弟を子どもの頃から知っているご隠居の嘆きはひとしおであった。

「おのれ、喜二郎め。そこまで腐っておったか」

あまりの情けなさにおいおい泣くご隠居を、お七と鉄之助が慰める。

「御免よ。あの野郎の正体がわかったぜ」

すると、そこに以蔵親分が顔を出した。

あの野郎とは舟宿で莫山たちが会っていた第三の人物のことである。

名を寛慈《かんじ》といい、人相書が出回っているいっぱしの悪党だ。大小の罪を重ね、ついには賭場で揉めた相手を刺して遁走《とんそう》した。

まんまと岡っ引きの手を逃れ、しばらく雲隠れしていたらしいが、江戸に舞い戻ってきたらしい。

「そんな悪党とこれまで莫山が行動をともにしていたことがわかったら――」

「うむ、近江屋のみならず、本家にも累《るい》が及ぶやもしれん」

お七とご隠居は渋い顔をする。

身内から罪人が出るというのは大変なことだ。武家であれば、最悪お家取り潰し、商家であってもただでは済まないであろう。信用もなくなり、いままで通りに商売ができなくなることは、まず間違いない。

老舗《しにせ》の大店であれば裏から手を回して穏便に済ますこともできるが、いかんせん近江屋はまだ若いから伝手《つて》がない。もちろん悪党どもはふん縛るが、やり方を間違わないようにしないといけないと、お七は頭を捻らせるのであった。

◇

近江屋の中庭で、お七はたくさんの洗濯物を干していた。

末席とはいえ流石は大店である。奉公人の数が多い。

その分だけ洗濯物も増えるのでとても大変だ。しかしこれでも上位の大店に比べたら楽なほうで、多いところは百人以上もの奉公人を抱えており、朝から晩まで煮炊きや世話焼きで戦場なんだとか。先輩女中からこの話を聞いて、お七は「うへえ」と情けない声を上げたものである。

現在お七はご隠居の口利きで近江屋に女中見習いとして潜入中だ。

悪党どもが奸智《かんち》を絞って、ここの身代ばかりか主人一家の命をも狙っている。

莫山や織田、二人の背後で糸を引いている寛慈をまとめてふん縛るのは簡単だ。

だが下手をすれば、近江屋や本家に累が及びかねない。

そこで以蔵親分を通じて、上役である本所見廻与力の伊藤にお伺いを立てたのだが

「時期がよくない」と言われてしまった。

というのも赤穂浪士の一件以降、巷の反発をよそに、御上の態度は頑《かたく》なになる一方で、幕閣には商人らが牽引《けんいん》している元禄の世が面白くない、と考えている一派がいるそうなのだ。

いま騒動を起こせば、見せしめに近江屋ごと潰されてしまうかもしれない。近江屋が興《おこ》してから間もない、手頃な身代なのも災いしている。

◇

「臨、兵、闘、者、皆、陣、列、在、前」

薄暗い奥座敷に設けられた祭壇を前にして、ごにょごにょと偽修験者の織田が適当な呪文を口にしては、「きぇぇいっ！」と大声で九字《くじ》を切る。

すると、たちどころに怪異がぴたりと止むものだから、近江屋の主人一家はすっかり丸め込まれてしまった。

脅し役となだめ役の息がぴったりで、阿吽《あうん》の呼吸とはまさにこのことである。

祈祷の様子を盗み見ていたお七も、思わず感心してしまった。

だが、やられっ放しではない。

お七が近江屋に潜り込んで連中の動きに目を光らせる一方で、いまご隠居たちが方々に働きかけて段取りを整えてくれている。

相手が趣向を凝らしてくるのならば受けて立つ。こちらも細工は流々だ。

「しかし、回りくどいったらありゃしない。金目当てならもっと楽に稼げる方法があるだろうに……莫山はたんに店を欲しがっているだけみたいだけど、寛慈には別の狙いでもあるのかな?」

独りごちながらようやく洗濯物を干し終えたお七に、お呼びがかかる。

「お七ちゃん、ごめん。また加助さまがぐずり出したみたいなの。すぐに行ってあげて」

加助は三つになる近江屋の跡取り息子である。母親のさなえは気立てがよく美人だけれど、控え目で線が少し細かった。

それが今回の騒動のせいで寝たり、起きたり、情緒が不安定になっている。

子どもは敏感だ。母親の不安を感じ取り、影響を受ける。

お七が近江屋に潜入してからは母子の身辺に気を配り、影女のひのえにも手伝ってもらい守っているけれども、どうしたって漏れが出る。

なにせ偽の怪異を仕掛ける側は昼夜を問わず好きに動けるが、お七は仕事をこなしつつなのだ。

子守りとして主人一家からの信頼を得られたのは幸いだが、主人らが莫山たちに寄せる信頼のほうが、まだまだ厚い。

「焦りは禁物。自分にできることをしっかりやっていこう」

そう言って、お七は加助の部屋へと向かった。

「それじゃあ兄さん、留守の間は頼みましたよ」

「任せておけ喜三郎。しっかり厄を落としてこい」

◇

奉公人一同に見送られ、主人一家がいよいよお伊勢参りへ出立する。

体の弱い女房に幼子を抱えての三人旅だ。駕籠《かご》を乗り継いでの道行きとなる。ちと豪勢だが近江屋の身代であれば問題ない。

舟を使えれば楽であったのだが「それでは禊《みそぎ》にならぬ」と織田に言われ陸路を行くことになった。そればかりか付き添いも許されなかった。

「今回の旅は因果を断つための試練。それゆえに自分たちだけで達成せねばならない」

織田は懇々《こんこん》と諭し、近江屋の一家は頷くしかなかったのだ。

人足たちの「えいさ、ほいさ」という威勢のいい声とともに、駕籠が遠ざかっていく。

「さぁ、名残り惜しいのはわかるが、そろそろ働いておくれ」

留守を預かる莫山がぱんぱんと手を打ち、明るい調子で言う。

さっそく主人面をしている。

まんまと弟一家を送り出すことに成功し、しめしめと思っているのだろう。あとは吉報が届くのを待つばかりだ。

奉公人らに混じって莫山の様子を窺っていたお七はにやりとほくそ笑む。

「せいぜい短い春を謳歌《おうか》すればいいさ」

◇

近江屋の一家は、刻一刻と死地へ近づいているとは露知らず、天候にも恵まれ難なく六郷川《ろくごうがわ》を渡り、順調に旅を進めていた。じきに箱根の関所に到着する。手続きは滞りなく済み、先を急ぐ。

しかし、しばらくすると雲行きが怪しくなってきた。ついにはぽつぽつと小雨が降り始める。周囲に旅人の姿はなく、うら寂しい峠《とうげ》へと差しかかるなり、駕籠が停まった。

十二人の賊たちにより前後を塞がれたせいだ。袋の鼠《ねずみ》となったところで、賊の一団を率いていた寛慈がずいと前に出た。

「近江屋喜三郎、悪いがてめえの命をもらうぜ。ああ、安心してくれ。たっぷり楽しんでから、女房と子どももきちんと送ってやる。あっちで親子仲良くやんな」

寛慈の言葉を合図に動き出す賊たち。まずは人足へと近づき、ずぶりと短槍で腹をひと突き……と思いきや、刺されたのは人足ではなくて賊のほうであった。

他の人足らも素早く武器を手にする。駕籠の担ぎ棒に細工して、武器を仕込んであったのだ。朱鞘の同田貫を手にした脇坂の姿もあった。人足に化けていたのである。

思わぬ反撃に動揺する賊たちを、さらに驚かせたのが、駕籠から降りてきたのが喜三郎ではなくて鉄之助であったことだ。さらに、後続の駕籠から姿を見せたのは妻のさなえではなくてお良、胸に抱くのは加助ではなくて人形であった。

ちなみに、他の人足に扮《ふん》していたのは火付盗賊改《ひつけとうぞくあらため》の与力たちだ。

今回の近江屋を巡る一件で、お七たちは当初、本所見廻与力である伊藤に「どうにか喜三郎一家やお店に累が及ばないようにならないか」と相談していた。

しかし、色よい返事がもらえない。どうしたものかと悩んでいると、意外なところから救いの手が差し伸べられた。

かつて辻斬り騒動の折に関わった公儀隠密の男が、どこから話を嗅ぎつけたのやら、今度は大工に化けて現れた。

『そういうことなら、うってつけの御方がおりますよ』

そして紹介されたのが、火付盗賊改の与力頭だったのだ。

事情を説明したら、お頭は話のわかる人であった。

『あいわかった。しからば……』

そう言いながら、此度のことを画策してくれたのである。寛慈には火盗改《かとうあらため》も用があったらしく、捕り物に協力し、上手く執り成してくれると約束してくれた。

箱根の関所にて喜三郎一家を留め置き入れ替わり、これを囮《おとり》に賊一味を誘き出し一《いち》網打尽《もうだじん》にする。

寛慈一味は罠にはめたつもりが、逆にはめられたというわけだ。

騙されたと知って寛慈が烈火のごとく怒ったのは言うまでもない。

ざざざざっ、と大勢の足音が近づいてくる。

脇坂たち囮組はあくまで先駆けで、捕り方の本隊がまもなく到着する。

「ちくしょう、こうなったらてめえらも道連れだ！」

自棄《やけ》を起こした寛慈たちが囮組へと襲いかかる。

賊の一人が匕首《あいくち》を手に、吠えながら突っ込んできた。脇坂は挨拶代わりと言わんばかりに、この賊の鳩尾《みぞおち》に、刀の柄頭《つかがしら》を使った打撃をお見舞いする。悶絶し、相手が四つん這いとなったところで、後頭部にがつんと朱鞘ごと同田貫を振り下ろす。

「なぁ、生け捕りのほうがいいのか」

「できればその方向でお願いします」

脇坂が尋ねると、別の賊と対峙していた火盗改の与力が、丁寧に答えつつ、己に振りかかってきた刀を自らの刀で打ち払い、すかさずやり返す。

賊の数は十二人。そのうち一人はすでに腹を槍で貫かれており、一人はいましがた脇坂に倒された。つまり、残りは十人。それでもまだ囮組より、数で勝っている。じきに味方が駆けつけるとはいえ、会話に応じるこの与力の余裕さ。それもそのはずである。

火盗改の与力は日夜凶賊相手に斬った張ったを繰り広げているのだ。

脇坂とともに人足に化けていた三人はみな手練れで、腕を買われて危険な役目を仰せつかった。たちまち劣勢を覆す。

焦った賊どもが次に考えたのは、与《くみ》しやすそうな女を人質にとることだ。けれどもそれはとんだ悪手であった。

いまは三味線の師匠をしているが、お良はかつては辰巳芸者《たつみげいしゃ》として数多《あまた》の客を引き受けていた。酔った御家人《ごけにん》崩れ数人を単身で相手取り、「上等だよ、この三一《さんぴん》どもっ」と啖呵を切って、追い払ったことも一度や二度ではない。麗人の色香《いろか》に惑《まど》って、冷たい堀に叩き落とされた二本差しの数は十指ではとても足りない。

お良は自分へと伸びてきた腕をひらりとかわす。同時にぴしゃりと振るわれたのは鉄《てっ》扇《せん》である。

賊の腕の骨が嫌な音を立て、男はみっともない悲鳴を上げた。

しかし、お良の攻撃はまだ終わらない。折れた腕をぐいっと手に取って、流し目をくれてから、相手を思い切りぶん投げる。賊はくるんときれいに一回転、背中から地面に叩きつけられ、息も絶えだえとなった。

「おや、これはうっかり。とんだ粗相《そそう》を、おほほほほ」

おまけに大事なところを思い切り踏んづけて、お良は高らかに笑う。

あまりの仕打ちに、敵味方の野郎どもが揃って「ひえっ」とたまらず内股になった。

囮組の面々が勇ましく立ち回る中にあって、鉄之助は後方から様子を窺っていた。お良の背をそれとなく守りつつ、荒事は腕自慢たちに任せ、鉄之助はずっと寛慈から目を離さない。寛慈はこれまでに何度も逃げおおせている。今回もきっと逃げる機会を窺っているに違いない。

そして、その予想は的中した。仲間をけしかけつつ、寛慈はじりじりと後ずさりをする。向かっていたのは斜面のほうだ。そこは断崖になっており、うっかり足を滑らせれば谷底に真っ逆さまである。だが、所々出っ張りや窪《くぼ》みがあって、そこに身を潜めれば捕り方をやりすごせるかもしれない。

先に現地入りをして周囲の地形を把握していた鉄之助は、寛慈の狙いをたちまち見抜いた。足下にある石を素早く拾い、寛慈が踵《きびす》を返そうとしたところに鋭い投石を放つ。石は見事に命中し、転倒した寛慈は脇坂によってあっけなく組み伏せられてしまったのだった。

◇

鉄之助たちと入れ替わった近江屋の一家は、用意されていた駕籠で来た道を引き返し、近江屋に帰ってきた。

その時の、莫山らの呆け顔が見物《みもの》であった。まさに幽霊を見たら、あんな感じになるのであろう。

「なっ、えっ、あれ、どうしたんだい喜三郎。幾らなんでも早すぎるだろう。なにか忘れ物でもしたのか？」

しどろもどろの莫山はどうにか取り繕《つくろ》い、引きつった笑みを浮かべる。

兄に出迎えられた弟は、旅装を解きながら申し訳なさげに言う。

「それが兄さん……実は箱根の関所で手形に不備が見つかったとかで、お役人さまからいったん江戸に戻るように言われてしまったんです。事情を話したんですがだめでした。何故か駕籠まで用意してくれて……」

旅は頓挫《とんざ》してしまったが、さなえと加助は我が家に戻ってほっとしている。奉公人らも気の毒がりつつ、主人らの変わらぬ元気な様子に安堵していた。不景気な顔をしていたのは莫山と織田ばかりである。

そんな二人の様子を、お七が物陰から見ながらくすくす笑っていたら、「くぅくぅ」という土鳩《どばと》の鳴き声がどこからともなく聞こえてきた。

合図だ。お七はそっと裏木戸へ向かった。

お七が裏木戸をほんの少し開けると、旅装姿の鉄之助がいた。

「首尾はどう？」

「上々、寛慈と一味はあらかた召し捕った」

お七の言葉に、鉄之助が朗報を伝える。

「みんなは大丈夫？　怪我とかしてない？」

「ぴんぴんしてらぁ。ただせっかく箱根まで出掛けたのに、湯に浸《つ》かれなかったってお良さんが少々お冠《かんむり》だが」

店子たちの身を案ずるお七であったが、鉄之助がお道化《どけ》ながら言い、二人して笑みを浮かべる。

「それでお七ちゃんのほうはどうなんだい？」

「こっちはご隠居さんと以蔵親分が頑張ってくれたから大丈夫。多分、今夜中にはけりがつくと思う」

「そうか。けど、幾らおっ母さんがついてるからって、あんまり無茶をするなよ」

「わかってるって。あっ、そうそう、全部片づいたらご隠居さんがみんなにご馳走《ちそう》してくれるって言ってたから、食べたいものを考えといてね」

「おう、そいつはいいねえ。ここのところ胸糞の悪いものばかり見させられて、どうにも気分がくさくさしていたんだ。そりゃ、ありがたい」

「じゃあ、そういうことだから」

お七は裏木戸をそっと閉じ奥へと引っ込んだ。そして、鉄之助もすぐに立ち去った。

◇

近江屋の一家がお伊勢参りを中断し、戻ってきた日の夜更けのこと。

みなが寝静まるのを待ってから動き出した大きな鼠がいた、莫山と織田である。

「しばらく様子を見よう」

莫山はそう言って未練たらたらであったが、これに織田は反対した。

「しくじりがあったと思ったほうがよい。とっとと逃げるべきだ」

強請りたかりを生業としてきた織田はそう語る。この手の商いは引き際こそが肝心なのだ。

「どうしても残りたければ一人で残れ。おれは抜けさせてもらう」

「わかった」

織田綺堂からそう言われた莫山は、たちまち弱気になって頷いた。

しかし、小狡い莫山らはただで逃げようとはしていなかった。

去り際に店から三百両ばかりくすねてきたのだ。盗んだ金子《きんす》は折半《せっぱん》し、どこぞの小橋の袂《たもと》で二人は別れた。ここが両者の運命の分かれ道となる。

堀沿いを急ぐ莫山。練りに練った計画のしくじりに腹を立て「ちぇっ」と足下の小石を蹴飛ばす。だが懐の重みに、にんまりと笑みを浮かべる。近江屋の乗っ取りこそ失敗したが、あがりは上々である。しばらく江戸を離れて上方でほとぼりを冷まそうか。京女を相手に、しっぽりなんてのも悪くない。

そんなことを考えながら歩いていたら、いきなり見知らぬ男どもに囲まれた。

「てめえが莫山だな？」

集団を率いる強面《こわもて》からいきなり名を呼ばれて、当人はびくりと肩を上げる。

「借金を踏み倒しての夜逃げたぁ、あんまり感心しねえなぁ」

この強面は、実は知る人ぞ知る取り立て屋だ。ひとたび目をつけられたが最後、地獄の果てまで追いかけることから、鬼蝮《おにまむし》の徳兵衛《とくべえ》と呼ばれている。

では、どうしてそんな男が莫山の前に突如として現れたのかというと、これにはちゃんとからくりがある。

莫山は相続分として親より与えられた身代を早々に潰してから、粋人を気取って放蕩《ほうとう》のかぎりを尽くしていた。しかし、なにをするにも銭《ぜに》がいる。

そこで、親族縁者らに金を借りていたのだ。毎度毎度いちおう証文《しょうもん》を作っては殊勝な態度で借りるも、びた一文だって返した試しがない。貸すほうも期待はしておらず、むしろ縁切り代と割り切っていた。

そこに目をつけたのが以蔵親分だ。

『その証文、あっしに任せちゃくれねえだろうか』

そう言いながら、莫山に金を貸した家を回った。

いきなりこんな話を持ちかけられたら大いにいぶかしむところだが、そこで仲介の労をとったのはご隠居だ。大店の元主人の肩書は伊達《だて》じゃない。

こうして集めに集めた借用証の束を、ごっそりまとめて鬼蜘の徳兵衛に渡した。

以蔵親分と徳兵衛は面識がある。

正義の十手《じって》持ちである以蔵親分が認めるだけあって、徳兵衛は一本筋の通った男である。取り立ては苛烈《かれつ》だが、鬼となる相手はきちんと見定めている。

「てめえが方々で重ねた借金、しめて二百と八十六両、こいつに利息を含めた分。きちんと耳を揃えて返してもらおうか」

鬼のような形相で徳兵衛が言う。

いつのまにやら証文がひとまとめにされて、恐ろしい鬼蜘の手に渡っていたと知り、莫山は真っ青になる。逃げ出そうにも左右から屈強な男たちに腕を掴まれ、逃げられない。

「ひいっ、ま、待ってくれ。金なら、ほら、懐に百五十両ほどあるから、どうかこれで勘弁してくれ！」

莫山の懐を漁《あさ》れば、たしかに小判が詰まった袋がある。

だが徳兵衛は一瞥《いちべつ》するなり「ふん」と鼻を鳴らす。

「だめだな。こいつは近江屋さんから盗んだものだろう。そんな金を受け取ったとあっちゃあ、鬼蝮の名が廃《すた》る。だからこいつは俺から近江屋さんに返しておいてやらぁ。でもって、てめえにはちゃんと行き先を用意してある。喜べ莫山、いいや喜二郎よ。佐渡《さど》でてめえが大好きな金を思うさま掘らせてやるぜ」

徳兵衛が放った言葉は、鉱山奴隷として身売りされ、死ぬまで穴倉《あなぐら》暮らしになるという意味であった。

「い、嫌だ！　助けてくれっ」

自分の末路を知って、莫山は泣き喚く。だがすぐに手足を縛られ、ずた袋に放り込まれてしまった。

かくして表の法では裁けぬ悪は、裏の法に絡めとられ、生き地獄の刑と相成った。

◇

莫山と別れ、織田は堀沿いを急いでいた。目指すは材木置き場だ。係留《けいりゅう》されている小舟を拝借し、朝までに少しでも距離を稼ぐ算段である。

しかし、その足が止まった。前方の暗がりに提灯の明かりが浮かぶ。

錫杖を手に警戒を強める織田の目に映ったのは、狐面《きつねめん》をつけた小娘であった。童と呼ぶには大きく、女と呼ぶにはいささか肉づきが足りない。歳の頃は十二、三といったところであろうか。なんにせよ、こんな刻限に外をうろついているのはおかしい。

「娘、いったいなんの悪ふざけだ。返答次第ではその面ごと頭をかち割るぞ」

織田が凄む。偽修験者をしているだけあって声を張るのは得意だ。低くよく通る声で恫喝《どうかつ》する。

しかし、狐面の娘はこてんと小首を傾げて、おもむろに下駄を脱ぎ始めた。

これには織田のほうが面喰らった。

「なんじゃい乱心しているのか。ええい面倒な。おれは急いでおるのだ。そこをどけ!」

織田は押し通ろうとする。だが、足が動かない。

恐る恐る自分の足下に目をやると、影の手が足首をむんずと掴んでいた!

それればかりか、次から次へと影から腕が生えてきては、体をがっちりと掴んで離さない。

「ひいっ」

散々に怪異を騙ってきた織田が本物をまのあたりにして声を上げる。

しょせんは張子《はりこ》の虎《とら》。ひと皮剥けばこんなものだ。

そんな織田の口を影の手が塞ぐ。

すっかり身動きを封じられた織田のもとへ、狐面の娘はひたひたと裸足で近づいていく。

実は、この娘の正体はお七である。偽修験者を拘束しているのは影女のひのえだ。

両手にしっかり下駄をはめた狐面の娘が、織田綺堂に告げる。

「わたしは近江屋の庭に祀られていた稲荷の使いだよ。よくも祠を壊してくれたね。いまからあんたが近江屋に入り込んでした、悪さの分だけ殴るから。覚悟しろ」

そう言うなり、お七は母直伝の下駄しばきを始める。

真夜中の材木置き場にぱかんぽかんと景気のいい音が鳴り響き、その度に織田は声にならない悲鳴を上げた。

ちなみに織田が近江屋に入り込んでから仕掛けた偽怪異の数は、五十と四つだったそうで、終わる頃には顔が紙風船《ふく》のように膨れ上がっていたとか……

閑話　ある日の千代

これはお七たちが近江屋の事件に頭を悩ませていた頃のお話。

千代は家の縁側に座り、足をぶらぶらしていた。

このところ、祖父は以蔵親分と出掛けてばかりだ。寝坊助な脇坂は修繕された愛刀を家の裏でぶんぶん振り回し、旅支度なんぞを整えている。万屋の鉄之助はしばらく見かけていない。お良もなにやら忙しそうだ。そして、お七は近江屋に住み込みで働きに行っている。ときおり長屋の様子を見に戻るが、すぐにとんぼ帰りしてしまい、ゆっくり話す暇もない。

『どうしてみんなそわそわしているの？』

千代は祖父に問うたが、「そのうちにな」とはぐらかされた。なにやら自分だけが除《の》け者にされているようで面白くない。

面白くないといえば、毎年長屋のみんなで開催しているお花見が今年は流れた。辻斬り騒動と重なり、続けて長屋の主だった者たちが忙しくなったせいである。

『今年は各々で済ませるように』

差配の仁左がそう言って、今年はなくなってしまった。

さらに長屋の子らがこぞって寺子屋に通い始めたことも、千代が退屈になってしまった原因の一つだった。一緒に通いたかったが、みんなが通う寺子屋は七つからという決まりがある。幾ら千代が利口でも、これは変えられない。

かくして、千代は一人ぽつねんとこうして縁側で時を過ごしているのだ。

千代は猫たちに慰めてもらおうと、おかかを混ぜた小さな握り飯を手土産に、お良の家の縁側に向かうも、彼らまでもがお出掛け中であった。

「せっかく作ったのに……あっ、そうだ！　祠にお供えしておこう」

長屋の名物である柳鼓の木。そのかたわらに小さな祠がある。これはかつて長屋に住んでいた大工が作ったものである。そして祠の中には、別の大工が手慰みに拵えた狸の彫り物が祀られている。

ちなみにその二人の大工は、いまでは立派な頭領《とうりょう》となり、一門を抱えるまでに出世している。はたして狸明神《みょうじん》のご利益か、自身の精進《しょうじん》の賜物《たまもの》なのかは、誰にもわからない。

「みんなが元気でありますように」

千代は握り飯をお供えし、そう拝んでからなにげなしに柳鼓の木を撫でた。

するといきなり、ぽんと音が鳴ったので、千代は腰を抜かさんばかりに驚いた。

願いを込めて柳の木を叩き、鼓の音がすれば願いが叶うという噂は知っていたけれど、まさか本当に鳴るとは思っていなかった。

怪異に強いお七ですらも、一度も聞いたことがなかった。

「えっ、うそ、なんで？　いや、みんなが元気でいられるんだから、よろこべばいいのかしらん」

千代は首をこてんと傾げる。柳鼓の木をしげしげ眺めていたら、木の裏から声がする。

「きゅいきゅい」

そこには、豆狸がいた。円《つぶ》らな瞳で千代を見上げて、やたらと鼻をひくひくさせている。どうやら握り飯を御所望《ごしょもう》のようだ。

「えーと、たぬきの神さまにお供えしたものだけど……あげてもいいかな？　ほらおたべ」

千代が握り飯を与えてみれば、狸はたちまちぺろりと食べてしまった。

「きゅいきゅい」

それればかりか近づいてきて、もっと欲しいとおねだりをする。

もう一つやると、今度は千代の手ずから食べた。

「ふふふ、くすぐったい」

狸の人懐っこさに、千代の顔が綻ぶ。

「あんた、そんなに食い意地がはっていると、そのうちわるい人間にとっつかまってなべにされちゃうんだから。気をつけないとだめよ」

結局、豆狸は握り飯を三つも平らげ、けふっと可愛いげっぷをした。

すっかり腹がいっぱいになったのか、とことこ歩き出す。そのまま帰るのかと思いきや、立ち止まって千代のほうを振り返り、じーっと見つめてくる。

そんな仕草を二度三度と繰り返されたら、流石に千代も勘づいた。

「まさか、ついてこいってこと？」

千代の言葉に「そうだ」と言わんばかりに豆狸が「きゅい」と鳴いた。

◇

豆狸が千代の前を歩く。しかし、不思議と周囲の大人たちは誰も気にしない。

長屋の木戸を抜けすぐに右へと曲がった。隣家同士の隙間にするりと潜り込む。路地と呼ぶにはいささか狭い。六歳の童ならば体を横にすればぎりぎり通れそうなくらいだ。

躊躇していたら「きゅい」と急かされ、千代は「ええい」と覚悟を決めた。奥は薄暗がりの一本道であった。湿った空気が埃《ほこり》っぽく、鼻がこそばゆい。千代はっ
いくしゃみが出そうになるのを我慢する。
右へ左へ、また右へ。
入り組んだ細道だ。幾つもの家がひしめき合うがゆえに生まれた街中《まちなか》の迷路。
もしもこんなところで迷子になったら、きっと誰にも見つけられずにそのまま……自
分が干物になる姿を想像し千代はぶるると震える。
だが、それは杞憂《きゆう》であった。突然、景色ががらりと様変わりする。
板塀ばかりであったものが生垣となり、視界がたちまち緑に埋め尽くされる。
千代はつい足を止め、生垣に手を伸ばす。葉が平たくて細長い。先っぽのほうがつん
と尖っている。これは金木犀《きんもくせい》だ。
亡くなった母と暮らしていた家の庭に植えられていた。秋になると橙色《だいだいいろ》の小花をいっ
ぱいつける。とても甘い香りがするのだ。特に夕暮れ時には家の中にまで香りが漂って
くるほどだった。
葉から手を離した千代は再び歩き出す。ほんの少し前までは母のことを思い出すだけ
で涙がにじんだものであったが、それも柳鼓長屋で暮らすうちにいつしかなくなって

いた。

「きゅい」

豆狸の声が少し遠くに聞こえる。

物思いに耽《ふけ》っているうちに引き離されたと気づき、千代はやや早足になる。

そして、また景色が一変した。

鮮やかな赤と白が視界いっぱいに広がる。躑躅《つつじ》の花が咲き誇っている。何故だか江戸っ子たちはこの花が大好きだ。

「きれいねえ。でも、みつには毒があるんだよねえ」

千代は景色に見とれながら、そう言う。

躑躅にも種類があって、大丈夫なのとそうでないのがある。うっかりだめなやつの蜜を舐めるとお腹を壊す。

躑躅の道を抜けると、お次は白塗りの壁に囲まれた路地へと出た。

まるで武家屋敷が集まっているような町並みだ。幼い町娘が一人でこんな場所をふらふらしているのを見つかったら、きっと面倒なことになるだろう。

しかし、豆狸はゆったりまったりと歩く。

千代は内心どきどきしつつ、その小さな背を追いかける。

左へ右へ、続けてまた左へ。

同じような白壁の景色が続く。すでに千代の足は棒のようになっている。

それでも懸命に豆狸についていくうちに、角を曲がったところでそれは突然に姿を現した。

目に入ったのは、一本の大きな大きな桜の木だった。

大地にしっかと根を張り、太い幹《みき》は隆々《りゅうりゅう》と逞《たくま》しく、枝葉は健やかに伸び、華麗《かれい》にして堂々と生えていた。とっくに時期を過ぎているというのに満開の花が咲いている。

こんな立派な桜、千代は上野《うえの》のお山でも見たことがなかった。あまりの素晴らしさにぽかんと口を開けたまま見惚れてしまう。

◇

「……にゃあ」

馴染みのある鳴き声が聞こえ、柔らかな感触が千代の頬を撫でる。

瞼《まぶた》を開けると、そこはお良の家の縁側であった。

「あれ、わたし、どうして……ゆめだったのかなぁ」

ぼんやりしながら千代が甘えてくる斑猫の頭を撫でる。

するとと、いつのまにか近くに来ていたお良が千代の襟元に手を伸ばし、ひょいと一枚の桜の花びらを摘みあげる。

「おや、千代ちゃん。あんた、桜御前《さくらごぜん》に会えたんだ。よかったねえ」

微笑むお良に、千代はきょとんとした顔をする。

桜御前、それは江戸のどこかにあって、年中咲き誇っている万年桜のことである。

でも、幾ら探しても見つけられない。招かれなければ拝めない幻の桜なのだ。

花の怪異か、はたまた神霊《しんれい》の類か。

江戸ができるよりも前からこの地にあったという……なんとも不思議な桜の木のお話である。

其の四　黒焔馬《くろえんま》

　月の下、柳鼓長屋の住人たちは隅田川《すみだがわ》で舟遊びに興《きょう》じていた。

　これは、ご隠居が催《もよお》した慰労《いろう》の宴席《えんせき》である。

「みなのおかげで万事滞りなく近江屋の件は片づいた。せめてもの礼じゃ、存分にやってくれ」

　美酒を持ち込み、豪勢な御膳《ごぜん》に山海の珍味のみならず、料理人を同乗させ握りたての寿司も楽しめる。飲んで食べて唄《うた》って浮かれて、一同は大いに羽目を外す。

　お七と千代は仲良く寿司に舌鼓を打つ。脇坂は豪快に杯を重ね、鉄之助はじっくり料理の味を堪能《たんのう》し、お良は舷《ふなべり》にて水面に映る月に目を細める。ご隠居はご機嫌でみなの世話を焼く。

　じきに千代がうつらうつらし始めた頃。

　誰が言うともなく、話題は偽怪異騒動の顛末《てんまつ》となった。

「そういえば、あの偽修験者はどうなったんじゃ？　お七ちゃんが始末をつけたと聞いたが」

ご隠居がお七に尋ねる。

「あー、あの人なら近くの寺に駆け込んで、そのまま出家しちゃったよ。今頃は西国のどこかで修行行脚《あんぎゃ》しているはず」

お七がそう語る。織田も懲《こ》りたようでなによりである。

とんだ結末に、一同はけらけら笑う。しかし、悪党どもを裏で操っていた寛慈のこととなると、急に大人たちの歯切れが悪くなった。

「いや、実はあの野郎、大きな賊の一味だったらしくてなぁ」

説明を買って出たのは、ほろ酔いの脇坂だ。

賊の名はおろち。西は上方のみならず、四国や九州、東は江戸を越えて奥州《おうしゅう》辺りまで手広く荒らし回っているらしい。

ひとところに留まらず、荒らし終えたら藩境をまたいで次へと渡り歩くものだから、なかなか尻尾を掴めない。

おろちは八つの組に分かれており、必要に応じて離合集散《りごうしゅうさん》する。各組が得手とする領分を持ち、寛慈は三番組の頭目《とうもく》で、強請りたかりを主な生業としていた。

「寛慈は、近江屋を江戸でのおろちの隠れ蓑《みの》にするつもりだったと、火盗改の与力が言っていたな。今度の捕り物でちったあ進展があればいいんだが」

脇坂が苦々しげに言う。

よもやあの悪党の背後にそんな大物が隠れていただなんて、どうりで公儀の男が動き、火付盗賊改の与力頭に渡りをつけてくれるはずである。

そんなことを考えていたお七であったが、おろちの名が出てから急に口数が減っている鉄之助に気づいた。

いつもならば、率先して説明役をこなすのに、だんまり口をつぐんでいる。らしくない態度がどうにも気になったお七が声をかけようとしたところで、急に舟がぐらりと揺れた。

揺れはすぐに収まったものの、川辺に目をやったお七はびくりと身を固める。

土手を黒い馬が駆けていたのだ。乗り手の姿はない。風になびく長い鬣《たてがみ》がまるで焔のようであった。

◇

夜更けに響く拍子木《ひょうしぎ》の音。夜回りの途中、生ぬるい風が首筋を撫で、当番の者が「うひゃあ」とみっともない声を上げる。

「どうにも嫌な夜だなぁ。こんな日はとっとと番屋に戻って、一杯ひっかけるのにかぎる」

当番の者はつい早歩きになる。けれど背後からなにかが迫る気配を感じ、振り返った。すると、闇の彼方《かなた》より浮かびあがったのは一頭の黒い馬。

立派な体躯《たいく》が躍動《やくどう》し、地面を蹴る度にずしんと振動が伝わる。上等な漆塗《うるしぬ》りのごとき艶めく毛並み。鬣《たてがみ》は揺らめく焔のようであり、はっしと前を睨む双眸《そうぼう》もまた焔を宿しているかのように赤かった。

当番の者は、己が目にしているのが、ただの馬なんぞではないことに気がついた。そいつが自分のほうへと土煙を上げながら駆けてくる。

慌てて脇に避けると、その直後にすぐ側をもの凄い勢いで巨大な黒い馬が駆けていった。恐ろしくなった当番の者は這《ほ》う這《ほ》うの体《てい》で番所へと逃げ込んだ。

◇

「えらいこっちゃ！」

長屋の表を掃いていたお七のところに、ご隠居が駆けてくる。

「お七ちゃんや、また出たぞ。今度は上野の不忍池《しのばずのいけ》に現れたらしい」

ご隠居が唾を飛ばして話しているのは、近頃世間を賑わしている怪異についてだ。

「どうどう」

お七はご隠居をなだめつつ、舟遊びをした夜のことを思い出していた。隅田川沿いを駆ける黒い馬を目撃したのだが、どうやらあの馬は怪異であったらしく、以降江戸のあちこちに出没しているそうな。

黒い焔をまとっているかのような姿から黒焔馬と呼ばれている。

目撃者は日に日に増える一方だ。ある者は恐ろしかったと言い、ある者は惚れぼれするような駆け姿だったと褒める。みなが噂するものだから、その正体を突き止めてやろう、あるいは捕まえて男を上げよう、いいや愛馬にしてやろう、ついには懸賞金をかける酔狂者まで現れた。

「おのれ、にわかどもに負けてなるものか」

ご隠居もそう言って対抗心を燃やしている。

しかしお七は「へぇ」とどこ吹く風である。

「夜ごと必死になって方々を駆けずり回っているってことは、きっと大事ななにかを捜しているんでしょう。放っておいてあげなよ。邪魔するのは野暮《やぼ》だよ」

そう諭されてご隠居は不服そうだが、お七は取り合わない。

だが、そんな黒焔馬とお七は、思いがけない形で関わることになるのであった。

◇

祖父から頼まれ、お七がお遣いにいった帰りのことであった。

「柳鼓長屋で差配をしている仁左の孫娘、お七に相違ないか？」

いきなり編笠《あみがさ》姿の二本差しが立ち塞がった。お七は後ずさりする。しかし後ろにも別の編笠姿の男がいて、たちまち複数の侍たちに囲まれてしまった。

浪人者ではない。みなきちんとした身形の者ばかりだ。日中の往来で、人の目もある。騒げばこの場は逃げられるだろう。けれども相手には、住まいも面も割れている。わざわざ出先で待ち伏せてまで接触してきたということは、よほど大事な話があるのだろう。

腹を決めたお七は蠢《うごめ》く自分の影をつま先でちょんと触り、影女のひのえに「静かにしているように」と合図をする。

「間違いないよ」

お七がそう返事をすると、上等な駕籠に乗せられ、どこかに連れていかれる。

到着したのは、立派な武家屋敷の玄関先だった。そのまま奥へと通されたのだが、奇妙なのが屋敷の者がみな頭巾や面で顔を隠していること。街中で声をかけてきた侍たちも編笠を目深《まぶか》に被り、身分を示すようなものは一切身につけていなかった。徹底している。よほど自分たちの正体を知られたくないらしい。

案内されたのは邸内の奥のほうで、三つの部屋が団子のように並んでおり、間の襖《ふすま》がすべて取り払われている。下座に位置する部屋に通されたお七は、そこでしばし待つように言われた。

周囲には気になるものが二つある。

一つは自分の近くに置かれてある塩が山盛りになっている大皿。

もう一つは中座にあたる部屋の真ん中に置かれた琴《こと》。大きさは四尺半ほどで小豆《あずき》色の胴体が艶のある光沢を放っている。ぴんと張られた弦は七本。琴柱《ことじ》が見当たらないことから、お七はこれが古琴《こきん》と呼ばれる品だとわかった。祖父が所有する源氏物語《げんじものがたり》や宇津保《うつほ》物語《ものがたり》などの書物の中で、挿絵に登場していたのを見かけたことがある。

お七が古琴を物珍しげに眺めていたら、いつのまにやら上座の部屋に三人の男たちが鎮座《ちんざ》していた。やはりみな覆面をしている。服装からして主人格と側近だろうか、一人は狩衣姿《かりぎぬすがた》であるから、どこぞの神職か。

「あの娘が？」

「いかにも」

主人格の男が問うと、側近が答える。

「では始めたいと思います」

狩衣姿の男はそう言うなり、両手で素早く印を結んで「えい」と気を発する。

途端に室内の空気が震え始めた。

「あっ、ちゃんとした人だ」

騙りじゃない本物にお七が驚いていたら、突如として古琴の弦がびぃんと震えて、独りでに奏で出す。

じゃらんと大きな音がした。続けて細かな音が幾つも連なり流麗《りゅうれい》な旋律《せんりつ》となる。春の麗《うら》らかさを感じさせるような心地好い音色である。見事な演奏が陶酔《とうすい》へと誘《いざな》う。

しかし、その時間は唐突に終わった。

ざわり、旋律《せんりつ》が戦慄へと変わる。

奏でている音楽は変わらず美しい。それなのに、がりがりと頭の中が激しく掻き毟《むし》られるような、まるで魂を引き千切られるかのような苦痛が襲う。喉の奥から強烈な吐き気が込みあげてくる。それと同時に己の中のどす黒い部分が波打ち、膨らんでいく……

「――っ！」

とても正気ではいられない。お七はたまらず近くにあった盛塩に手を伸ばす。

するとふつりと古琴の狂演が止んだ。解放されお七はぐったりしている。

「おぉ」

「信じられん」

「あれを鎮めるのか」

一部始終を目撃していた上座の男らは口々に言い、驚いていた。

お七がよくよく目を凝らしてみれば、上座の部屋にはお札やしめ縄がある。あちらには古琴の影響を受けないよう備えが施されてあったようだ。おそらくはあの狩衣姿の男の手によるものだろう。

◇

古琴の怪を鎮めたお七は別室に通され、茶と羊羹《ようかん》を振る舞われる。甘味により少し機嫌を直したものの、お七はかんかんであった。

これをあの狩衣姿の男が平身低頭《へいしんていとう》になだめる。

「先ほどはすまなかった。信用できる筋より柳鼓の塩小町の実力については伝えられていたのだが、上の方々がどうしてもその力をじかに見極めたいと言ってな」

覆面こそは脱がないものの、折り目正しくきちんと手をついて謝罪する。

きれいな所作だ。洗練された礼儀作法が骨の髄まで染みついている。

それは、すなわちこの男が高い教養を身につけているということであった。

こうも丁寧に謝られては、町娘風情がいつまでも臍を曲げているわけにもいかず、お七はしぶしぶ謝罪を受け入れた。

「もういいです。それよりもあの古琴はなんなんですか？」

「ふむ。あれは見ての通り、年代物でな。もとはさる寺の神木であったらしく、長いこと大切にされて付喪神《つくもがみ》が宿ったものだ。だが……」

やがて古琴が演者を選ぶようになり、人心を惑わし狂わせるようになったとか。狩衣姿の男が語るには、そうなってしまったのは、ある事件のせいらしい。

ある大社の姫の側仕えで、琴の師でもあった侍女《じじょ》が何者かに殺害された。夜更け、古琴を奏でていたところを背後から襲われたとか。

発見時、古琴に覆い被さるようにして女は倒れていた。割られた頭より流れる血で、古琴は朱に濡れていたという。

それ以降、古琴の怪の狂演が起きるようになった。

聴いた者がどうなるかはお七も体験した通りだ。世に楽器の怪異は数多あれど、たちまち人心を狂わせるのは尋常《じんじょう》ではない。

「これにて本日の試しの儀は終了。駕籠の用意が整い次第、家に送り届けさせるがゆえ。それまでゆるりと過ごされよ」

そう言って狩衣姿の男は席を立ってしまった。

試しの儀と言うからには、本番が控えているのだろう。

「いったいなにをさせられるんだろう」

げんなりしつつお七は残りの羊羹に手を伸ばすも、すでに皿は空になっていた。自分の影がもごもごしている。どうやらおっ母さんが摘み食いをしたようだ。

◇

お七が試しの儀をした日を境に、黒焔馬騒動はぴたりと止んだ。

それまでは連夜目撃されていたのが、まったく現れなくなった。こうなると世間も薄情なもので、十日も過ぎれば口の端にも上らなくなる。けれども、それで幕引きとはならなかった。

試しの儀より十六日後の夜更け。再び江戸市中に黒焔馬が出現する。

それもただ現れたのではない。

お忍びで出掛けていたどこぞの殿様の行列をぶった切ったのだ。そのせいで駕籠はひっくり返り、殿様は腰をしたたかに打ち悶絶した。家中の者が何人も蹴散らされ右往左往する。

そんな場面を夜鳴き蕎麦《そば》の屋台の親父と客たちに見られ、翌日にはもう瓦版《かわらばん》になっていた。武士の面目丸潰れである。

しばらく平穏が続き、これはもう用なしとなったに違いあるまいとお七は思い込んで、いつものように過ごしていたのだけれども、ご隠居が瓦版を手に駆け込んできた。

「やはりまた出たぞ、お七ちゃん。わしの睨んだ通りであったわ」

世相が移ろうとも、熱心に黒焔馬を追い求めていたご隠居はとっても嬉しそう。しかし、お七は苦笑いだ。ご隠居はおかまいなしに喋り続ける。

「での、この瓦版には書いていない、とっておきの噂があるんじゃよ」

「そんなことを言って、またいい加減な話を掴まされたんじゃないの」

「いやいや、これは信頼できる筋から、というか伊藤さまから聞いた話だからたしかじゃ」

こほんと一つ咳払いをして、ややもったいぶってからご隠居がとっておきを披露する。

「なんとなんと！　あの黒焔馬、どうやら人語《じんご》を発するらしいぞ。こう言っているのを聞いた者がおるそうな。『伊予姫《いよひめ》は何処』と」

黒焔馬はその姫を探し求めては夜な夜な駆け回っているらしい。

しかし、お七は「はて？」と引っかかりを覚えた。

「いかにも江戸雀たちが好きそうな話なのに、どうしてこれまでその姫さまの名前が表に出なかったんだろう」

「どうやら上のほうからきつく口止めされておったようじゃ」

急にご隠居が声を潜める。

「それでな、黒焔馬にやられたところの家臣どもが『おのれ目にもの見せてくれる』とたいそう息巻いているんだとか。かといって江戸市中で徒党を組んで騒ぎを起こされてはたまらん。そのせいで奉行所もたいそう神経を尖らせているんじゃ」

箝口令《かんこうれい》を敷《し》くということは、伊予姫の家はかなりの高位なのだろう。

黒焔馬に行列を崩されたお家もまた大身である。

赤穂浪士の一件があり、幕府はこれ以上の武門の騒動は避けたいと考えている。

「なにやらややこしいことになってるなぁ」

ご隠居の話を聞いても他人事であったお七だが、自分がその渦中にいることを知るのはこののちすぐのことだった。

◇

ご隠居が帰ったあと、入れ違いに文《ふみ》が届けられた。そこには、こう書いてあった。

『今宵、酉《とり》の刻』

美しい文字でそれだけ記されており、印もなければ日付も差出人もない。

頑なに正体を隠そうとしている。しかし、お七にはそれが誰の手によるものかすぐにわかった。

「まったく……上等な紙なのにもったいない使い方をして」

お七は嘆息する。今夜は大変になりそうである。備えて昼寝をすべく自室へと引っ込んだ。

◇

約束の刻限になると、迎えの駕籠が来た。

心配する祖父に見送られ、お七は家を出る。この一件、長屋のみんなには報せていない。相手の態度からなんとなくそのほうがいいと判断した。

「さて、鬼が出るか蛇が出るか」

呟いたお七の声がやや震える。すると、そっとお七の手を握る感触があった。影女のひのえである。

「ありがとう」

励まされたお七は小さな声で言う。

駕籠はずんずん移動し、どこぞの河原《かわら》に辿り着いた。石だらけで荒涼《こうりょう》としている。その一画にて盛大に篝火が焚かれている。馬防柵《ばぼうさく》が設けられ、多勢が武器を手に屯しており、陣内では戦いの気運が高まっている。

いきなりそんなところに放り込まれたお七は顔を引きつらせる。そこに姿を見せたのは狩衣姿の男であった。相変わらずの覆面姿だ。

「お七殿、驚かせたようですまぬ。本当はもっと静かに奴を迎え討つつもりであったのだが、どこで聞きつけたのやら、連中が横槍を入れてきてな」

連中とは、少し前に黒焔馬にけちょんけちょんにされたお武家様の家臣たちのことであった。物笑いの種にされ家臣一同、腸《はらわた》が煮えくり返っている。

そして狩衣姿の男が口にした奴とは、馬の怪異のことである。

つまり、今宵お七は黒焔馬退治に付き合わされるのだ。

しかし相手は神出鬼没《しんしゅつきぼつ》だ。幾ら陣立てをして待ち構えていたところでそう都合よくは現れまい。

そんなことをお七が考えていると、狩衣姿の男が答えた。

「実は誘い出す手がないわけではないのだ。あの古琴と我が術があればな」

お七の塩を受けてしばらく沈黙していたものの、人心を狂わす古琴は日を数えるうちにまた鳴り始めたという。そして、これに呼応するかのように黒焔馬も動き出した。

古琴と黒焔馬、いかなる因縁があるのか。

気になるところではあるが、狩衣姿の男はいまは多くを語らない。そこに伊予姫とやらも絡んでいるのだろうか。よほど差し障りのある話のようだ。

「今宵のためにお清めを済ませた塩を大量に用意しておいた。存分に柳鼓の塩小町の実力を発揮してほしい。あと連中のことは無視してもらってかまわ――」

狩衣姿の男が急に黙り込む。理由はお七にもすぐにわかった。

現場の空気ががらりと変わる。駆ける蹄《ひづめ》の音が聞こえた。奴が、黒焔馬がすぐそこまで来ている！

集った侍たちは土手のほうを向き、敵を探す。

しかし、お七と狩衣姿の男だけは川のほうを見ていた。

墨汁《ぼくじゅう》を垂れ流したかのような、真っ暗な夜の隅田川。

その水面に、大きな馬が立っていた。

鬣が黒い焔をまとい燃えている。双眸に赤い光を宿している。

黒焔馬が前足を高らかに上げ、雄々しくいななく。

それが戦いの始まりを告げる合図となった。

男たちはいざ決戦と意気込んではいたものの、始まったのは蹂躙劇《じゅうりんげき》であった。

猛る黒焔馬の突進で柵は砕け散り、槍や刀はまるで通用せず。

矢は身にまとう黒焔に触れた途端に燃え尽きる。鎖分銅《くさりふんどう》で動きを止めようとすれば引きずり回され、鉄砲まで持ち出したものの、玉がかすりもしない。

武士たちが面白いようにぽんぽん撥《は》ね飛ばされてゆく。鍛えた武芸や武士の意地がどうこうという話ではない。とてもではないが、これは常人の手に余る。

見かねたお七が塩玉を手に加勢をするも、武士たちが邪魔をして黒焔馬に狙いを定められない。そうこうするうちにこちらの陣営はあらかた蹴散らされてしまった。

とんだ負け戦だ。しかも気づいた時には狩衣姿の男はいなくなっており、お七は一対一で黒焔馬と対峙する羽目になっていた。

「あんにゃろうめ、自分だけ逃げやがった。あとで覚えてやがれ！」

直後にじゃらんと音がした。美しくも恐ろしい旋律が河原に鳴り響く。

「あっ！」

目の前の黒焔馬にばかり気をとられていたお七は声を上げる。

たまらず両耳を手で塞ぐも、そこに黒焔馬が猛然と突っ込んできた。もしも影女のひのえがとっさに助けてくれなかったら、お七はまともに撥ねられていたことであろう。すんでのところで直撃を回避したが、黒焔馬と触れ合うほどの距離ですれ違った刹那、お七の身に異変が起きる。

どっと頭の中に流れ込んできたのは激情であった。脳裏に世にも数奇なる運命を辿った一頭の馬の生涯が次々と浮かんでくる。これは、黒焔馬の感情と記憶だ。そうして、お七の意識はたちまち呑み込まれてしまった。

◇

秋の陽射しを受けて、尾花が白く輝く。風に波打つすすき野を駆けるのは一頭の黒い馬だ。その背には姫の姿がある。女ながらに馬を見事に乗りこなしていたのは、とある大社の宮司の一人娘だ。名を伊予という。

彼女が跨《またが》る黒い馬は先代の神馬が生んだ双子の片割れだ。両親ともに白い駿馬《しゅんば》で、双子の兄もまた白馬であった。なんの因果か弟だけが黒く生まれた。そのせいで不吉だと処分されかけたところを、救ったのが伊予である。

「たかが毛の色で縁起がいいだの悪いだの、くだらないわ。いらないのならばわたくしにくださいな。きっと立派に育ててみせましょう」

「だったらおまえにやろう」

宮司は周囲の心配をよそに娘に黒い馬を与えた。

以来、黒い馬と伊予は仲睦まじく、立派に成長した馬は、伊予以外がその背に乗ることをけっして許さなかった。

「いっそ夫婦にでもなればいい」

「意に沿わぬ相手に嫁ぐくらいならば、それもいいかもしれませんね。そうすれば毎日、好きなだけ野駆けができますもの」

あまりにも仲がいい一人と一頭の姿を宮司が揶揄えば、伊予も満更でもない様子で答える。父娘のそんな会話を黒い馬は耳をぴくりとさせながらじっと聞き入っていた。

激しい雷雨の夜。

宮司の屋敷に雷が落ちて火が出た。風に煽られて、焔がたちまち屋敷を呑み込む。伊予は煙《けむ》に巻かれ奥に取り残されてしまった。

「誰か、姫を助けてくれ。もしも助けてくれたのならば、望みはなんでも叶えてやる。なんなら婿《むこ》に迎えてやってもよい！」

取り乱した宮司が泣き叫ぶ。しかし、あまりの火の勢いに怯んで、誰も動けない。

すると、黒い馬が火中に飛び込み、見事に伊予を助け出した。

あっぱれ忠義の馬と片づけば、簡単な話であったのだが……

「そうですか、父が神前にてそのような誓いを。ならば約定《やくじょう》を違えることはなりません」

回復し、一連の話を聞いた伊予がそんなこと言い出したものだから家中が大騒ぎとなった。それはすなわち、黒い馬と伊予が夫婦になるということだ。

宮司は頭を抱えた。己の軽率を悔いるばかりである。

実は困ったことが他にもあった。ちょうど伊予に縁談が来ていたのである。相手はこの一帯を統《す》べるお殿様で、鷹狩《たかが》りの折、神社に立ち寄った際に、伊予を見初めて正室にしたいとお声がかかった。

これは大変な栄誉《えいよ》である。これ以上ない良縁であろう。よしんば断るにしても、よもや「馬の嫁にしますので娘はやれませぬ」なんぞとは口が裂けても言えやしない。

あまりにも思い悩むがゆえに、日に日にやつれていく父親の姿に伊予も心を痛める。

そんな姫の耳元にて、囁く者がいた。

「いっそのこと馬と駆け落ちをなさって、しばらくお隠れになってはいかがですか。折を見て戻ってくればよろしい。きっと上手く取り持ちますから」

それは伊予の側仕えで、琴の師でもあった侍女であった。まるで伊予のためを思っているような物言いだが、本心は別のところにある。この女、実は宮司のお手つきだったのだ。

密かに後妻の座を狙っていたが、肝心の宮司は娘ばかりを大事にする。ゆえに姫にも媚《こ》びてみたもののいま一つ効果がない。だから今回のことを利用して、これ幸いと邪魔者を追い出し、姫の評判を下げ、その隙に宮司に取り入ろうという算段であった。

そんなこととは露知らず、伊予は侍女の言葉を鵜呑《うの》みにした。さっそく荷造りをし始め、侍女は袖で顔を隠してほくそ笑む。だが事態は思いもよらぬ方向へと進んでいくこととなる。

◇

はぁ、はぁ、はぁ……

べっとり血に濡れた鉄製の燭台《しょくだい》。後頭部が割れて倒れる侍女を、呆然と見下ろしていたのは宮司である。

身の程知らずにも「自分を後添えにしろ」とやかましかった侍女を、宮司は疎《うと》ましく思っていた。娘を輿入れさせたあとは、適当な口実を設けて遠ざけるつもりであった。とっくに気持ちは冷めていたのだ。

そんな宮司の酷薄《こくはく》を知り、激怒した侍女は、黒い馬と伊予との異類婚姻《いるいこんいん》を助長する悪だくみを思わず口走ってしまう。

「獣《けもの》と駆け落ちしたなんて醜聞が外に漏れたが最後、あの姫を嫁にとぬかす者なんぞいるものか。ふざけるな！　ざまぁみろ！　あっははは」

古琴をかき鳴らしながら、女は狂気じみた笑いを浮かべる。

その瞬間、宮司はかっとなって目の前が真っ赤になった。

そして激情のままに侍女を殺《あや》めてしまったのだ。しかし、不思議と心は落ち着いていた。ここのところずっとあった靄《もや》が晴れ、頭がすっきりしている。頬についた返り血を懐紙《かいし》で拭いながら宮司はぶつぶつと呟く。

「ああ、なんだ……こんなにも簡単なことだったのか。我が姫の幸せを阻む邪魔者は、こうやって排除すればいいだけのことであったのだ」

殺人という大罪を犯し、宮司の中で人として大切ななにかがふつりと切れた。

「どれ、もう一つの邪魔者も始末するか。姫はきっと悲しむだろうが、それも一時のこと、どうせじきに忘れる。すべては日常に埋もれていく。人の営みとはそういうものなのだから」

発覚が早かったこともあり、黒い馬と伊予の身柄は領内を出る前に押さえられた。連れ戻された伊予は自室に軟禁され、黒馬は大社の敷地の端にある小屋へと押し込められた。

繋がれて鼻息が荒い黒い馬を、宮司は苦々しげに睨む。その手には侍女を殺すのに使った燭台があった。これで黒い馬を殴るわけではない。宮司が考えていたのはもっと悪辣《あくらつ》なことだった。

小屋に藁《わら》を敷き詰め油を撒く。そして黒い馬の近くに明かりを灯した燭台を置き、戸を塞ぐ。伊予姫恋しさに黒馬が暴れればどうなるか。火事に見せかけすべてを灰燼《かいじん》に帰すという謀《たばか》りである。

黒馬はたちまち焔に包まれた。燃え盛る小屋が崩れ落ちる寸前に飛び出したものの、皮膚は焼け爛《ただ》れ、肉が剥き出しとなり、瞳はすでに白濁《はくだく》してろくに見えず、鼻もまるで利かない。耳のみが辛うじて聞こえるが、命が尽きるのは時間の問題であった。

生きたまま身を焦がす黒い馬はそれでも立ち続ける。

あまりにも凄惨《せいさん》な姿に、宮司は腰を抜かし恐れ慄《おのの》くばかりだ。

燃える黒い馬がゆっくりと宮司の屋敷へ向かう。

このままではいけない。宮司についていた家人がとっさに機転を利かせ、声のかぎりに叫んだ。

「姫ならば御山の舞殿《まいどの》にいるぞ」

これは真っ赤な嘘である。しかし黒馬は騙され御山へと駆け出した。

こうして屋敷にいた伊予の身は守られたが、引き換えに幾つもの山が燃えた。

三日三晩、業火が一帯を燃やし尽くした。もしも四日目に雨が降らねば、被害はさらに拡大していたことであろう。

◇

お七が目を覚ますと知らない天井があった。

ふわふわの布団に寝かされており、どこからかいい香りが漂ってきてとてもいい気持ちだ。つい二度寝をしかけたところで、がばっと跳ね起きる。自分が黒焔馬と対峙していたことを思い出したのだ。

古琴の怪に邪魔をされ、黒焔馬とすれ違ったところで異変が起こった。夢の中で見せられたのは、おぞましくも悲しい黒馬と姫の物語であった。

「わたし、あれからどうしたんだろう……ねえ、おっ母さん」

影に潜むひのえに尋ねようとしたところで、襖越《ふすまご》しに声をかけられる。

「お目覚めになられましたか、お七さま」

音もなく襖を開けたのは奥女中だ。促されるまま湯殿《ゆどの》へと案内されたお七は、されるがままに全身を磨かれ、身なりを整えたあとに食事を振る舞われる。

出てきたのは雑炊《ぞうすい》で、卵が落とされており出汁もよく利いて風味豊かである。五臓六《ごぞうろっ》腑《ぷ》に染み渡る美味さだ。お七は己の中で活力が湧いてくるのを感じた。食後には庭の見える部屋でお茶まで頂いて、ほっとひと息してしまう。

お七が落ち着いたであろう頃合いを見計らって、奥女中に屋敷のいっとう奥まったところに連れていかれる。

待っていたのは、幼子二人にじゃれつかれて微笑んでいる女性であった。歳の頃は二十代半ばといったところか。とてもきれいで芯がありそうだ。百合は百合でも、山中にあっても孤高に咲き誇る山百合のような雰囲気を持っている。

そんな女性にお七は見覚えがあった。とはいえ、実際に会ったことはない。会ったのは、夢の中だ。

「えっ、ひょっとして伊予姫さま?」

驚くお七に、女性がにこりと微笑む。

話を聞くと、現在は伊予の方と呼ばれているようだ。一連の騒動ののち、塞ぎ込む伊予姫をよく励ましたのが、彼女を正室にと望んだ殿様であった。

殿様は山火事によって焼け出された民たちの苦境を救うべく、藩の蔵を開き支援の手を差し伸べ、自ら何度も現地へと赴《おもむ》き復興に尽力した。

そして、その行き帰りに姫のご機嫌を伺いに訪ねる。殿様の人柄に触れるうちに、いつしか姫も来訪を心待ちにするようになっていた。

『どうせじきに忘れる。すべては日常に埋もれていく。人の営みとはそういうものなのだから』

皮肉なことに、伊予姫の父親である宮司が言っていたことは正しかったのである。

宮司は口をつぐみ、なにも知らぬ伊予姫は殿様へと輿入れした。

けれど、やがて宮司はその閉じた口を再び開くことになる。

異変が起きたのは、伊予の方が殿様のご寵愛《ちょうあい》を受けて身籠った頃だった。

琴の師であった侍女の形見《かたみ》の古琴が、夜ごと独りでに鳴り出したのである。

初めはぽろんと小さく鳴る程度であったが、日に日に音が強く大きくなり、ついには楽を奏で始めたものだから家の者はみなたいそう驚いた。

『きっと彼女も子ができたことを喜んでくれているのだろう』

しかし、当の伊予の方はそんな風に考えていた。

侍女の本性を知らぬがゆえに、自分に激しい憎悪が向けられていようとは、夢にも思わなかったのである。

じきに古琴の音色を耳にした者の中に、体調を崩したり錯乱《さくらん》したりする者が出始めた。

そこで信の置ける神職の者に視させたところ、古琴に怪異が宿っていることが発覚する。

これに前後して夜の山中を彷徨う黒焔馬が目撃されるようになり、ついに己が罪の重さに耐えかねた宮司は遺書を残し首を吊った。

すべてを知った伊予の方は短刀を手に自らの命も断とうとする。

しかし、これを寸前で止めたのは殿様だった。

「ええい、早まるな！　お義父上のしたことはたしかに許されることではない。しかしすべてはおまえの与《あずか》り知らぬこと。ましてや腹の子になんの罪があろうか。どうか、わしと生まれてくる子のために生きてくれ」

背後からひしと抱きしめられそう言われた時、伊予の方の膨らんだ腹の奥がとくんと跳ねた。腹の子が言っている。『母さま、死んではいやです』と訴えている。

そう感じた伊予の方は短刀を取り落とし、さめざめと泣いた。

一切を承知の上で殿様は伊予の方を守ると誓う。その庇護《ひご》のもと、彼女はやがて珠《たま》のような男女の双子を生んだ。

己の境遇と、身に背負った業について、自らの口で語り終えた伊予の方はお七に手をつき、深々と頭を下げる。

「かような身の上になっても、なお生にしがみつく浅ましい女とお笑いください。それでもわたくしは母となった。ならば、どうあってもこの子らの行く末を見届けねばなりません。たとえ、いずれ地獄へ落ちることになろうとも。だからお頼み申します。どうかあの子を、黒焔馬を……」

伊予の方は嗚咽《おえつ》し、懇願《こんがん》する。母のそんな姿に不安を覚えたのか、双子たちがひしと抱きついて一緒に泣き出した。

お七はそんな母子らを呆然と見ていることしかできなかった。

謁見を終えたお七は、最初に横になっていた部屋へと戻される。色んなことをいっぺんに知らされたもので、どうにも頭の中がもやもやしてしょうがない。大の字に寝転がり、天井を見つめながらお七は考える。

神馬の血をひく黒い馬は一途に伊予姫を想った。

伊予姫も黒い馬を好いていた。でなければ異類婚なんて承諾するわけがない。

火事の時、娘可愛さに神前でうかつな誓いを口走った宮司。そのあとの行いについては酌量《しゃくりょう》の余地はないけれども、彼の行動の根底には娘への愛があった。

殺された侍女にしたって憎悪だけではなかったはず。好きな相手だからこそ、裏切られて烈火のごとく怒ったのだ。それに姫と接していた時間、そのすべてが打算のみであったとは信じたくない。初めは本当の母娘のようになれたらと、一生懸命だったかもしれない。

色んな偶然や不幸が重なって、少しずつ掛け違ってしまったのだ。

双子の母となった伊予の方が、生んだ我が子の行く末を案じるのは当たり前だ。子を残して逝けぬと思うことが罪ならば、この世には神も仏もありゃしない。

いったいなにがいけなかったのだろう？

無性に悲しくなって、お七の視界がにじむ。

「よろしいか、お七殿」

考え込んでいると、お七に声がかかる。

「どうぞ」

慌てて身を起こし、目元を拭いながら答えると、狩衣姿の男が姿を見せた。ただし覆面はしていない。色白の狐顔で、しゅっとした男前である。少し伊予の方に似ている。もしかしたら、縁者なのかもしれない。

「ひょっとして、あなたが助けてくれたの？」

お七がそう言うと、狩衣姿の男は頷いた。

「我らの見通しが甘かったのだ。古琴でまんまと黒焔馬を誘き寄せたまではよかったのだが――」

狩衣姿の男は一度そこで言葉を切り、お七の影のほうをちらりと見る。

「古琴、黒焔馬、そしてそちらの、三つの怪異とお七殿の力がぶつかった時、周囲に張っていた結界に綻びが生じてしまった。よもや五十人の加持祈祷による法術が破られようとは思わなかった」

お七に狩衣姿の男が深々と頭を下げる。

「悔しいが我らではどうにか古琴を封じ、黒焔馬を遠ざけるのが精一杯だった。それも日に日に効力を失いつつある。もはや、お七殿が最後の頼みの綱《つな》なのだ。どうかいま一度協力してはくださらぬか」

素顔を晒したものの、狩衣姿の男はやはり名乗らない。

しかし、おそらくこれが彼に許された精一杯の誠意を示す方法なのだろう。

伊予の方にしたって、わざわざ自分で頼む必要はない。やりようは幾らでもある。でも彼女は自ら恥を晒し、母として強く生きる覚悟をお七に示した。

そして、殿様の想いを汲んで必死になって動いている大勢の者たちがいる。単なる忠義じゃない。きっとみんな殿様のことが本当に好きなんだ。だからこんなにも必死になって駆けずり回っている。

誰かがこの悲しい連鎖を断ち切らないといけない。でないと次はあの双子にまで、悪いことが起こるかもしれない。

母を亡くす悲しみ、その辛さと心細さはお七も骨身に沁みている。

「わかったよ。この一件、しかと柳鼓の塩小町が請け負った」

お七はそう大見得を切り、再戦するにあたって幾つかの条件を伝えた。

一つ目は、人の目に触れない場所を用意すること。広すぎず狭すぎず、寺などの建物があればなおよしだ。

二つ目は、邪魔になるので自分以外の者は誰も立ち会わないこと。

三つ目は、大量の水と塩を用意すること。

四つ目は、ことが終われば赤の他人であるから、知らぬ存ぜぬで過度の返礼も不要であること。

狩衣姿の男はこれらを承諾し、再び黒焔馬との戦いに向け、準備が進められるのであった。

◇

武蔵野《むさしの》の山間部に二十年以上も放置されている荒れ寺がある。

寺は小山の上にあり、麓《ふもと》から石段を見上げれば侘《わび》しい山門が目に入る。実はここ、いわくつきなのだ。

住職と寺小姓が男色に耽《ふけ》った末に、痴情《ちじょう》のもつれにて住職が寺小姓を殺害した。しかし、なおも募るのは寂しさと愛しさである。ついに住職は死体と戯れ、死肉をがぶりとし、ぺちゃぺちゃ血を舐めた。

これを檀家《だんけ》の者に見られ、我に返った住職はあまりの恥ずかしさに逐電《ちくでん》してしまった。

それ以来、夜な夜な鬼の啜《すす》り泣くような声が聞こえてくるようになり、ついには誰も寄りつかなくなった。

「うん、ここでいいよ。それじゃあ、手配した品をじゃんじゃん運び込んでね」

荒れ寺の敷地内をひとしきり見て回ったお七は、狩衣姿の男にそう言う。

「いやしかし、古琴に黒焔馬のみならず、啜り泣く鬼まで加わっては……」

案じる狩衣姿の男に、お七はけらけら笑う。

「大丈夫、そんなのはいやしないから」

事実ここにはなにもいない。あるのは蜘蛛の巣と埃ばかりだ。

「多分だけど、その啜り泣く声っていうのは、なにか動物の鳴き声か、住職の話を面白がった人間が流した嘘の話じゃない？　少なくとも、わたしはこの寺に怪異の気配を感じないよ」

お七がそう言うも、狩衣姿の男はいぶかしげである。

そんな男を横目に、お七は運び込まれてくる荷の差配をしつつ、人手を借り荒れ寺にて黒焔馬を迎える準備を整えるのだった

◇

空が藍色《あいいろ》に染まり、次第に夜の帳《とばり》が下りてくる。

空の黒と山の黒。稜線《りょうせん》で二つの黒がせめぎ合い、闇をいっそう深くする。

じゃらん、ぽろん、とーん、びぃぃぃん……

荒れ寺から古琴の怪が奏でる音色が鳴り響くと、風がうなり、夜陰の彼方より黒焔馬が現れた。

古寺へと通じる石段をいっきに駆け上がり、漆黒の馬体が山門をのそりとくぐった。

これを出迎えたのは柳鼓の塩小町である。

ぶるると鼻息荒い黒焔馬の鬣のみならず、吐く息すらも焔と化している。

全身からみなぎる気の禍々しさはいっそう濃くなっていた。そこにいるだけで周囲の空気がひりつく。怪異としての凄味が一段と増している。

お七は深呼吸をしてから、黒焔馬に語りかける。

「もう止めなよ。気の毒だけど、ままならぬこの世の中で、伊予姫は母として、人の時間を生きることを選んだんだ。だから先に逝って待っていてくれないかな。きっとあとから行くだろうから。その証拠に、ほらこれを預かってきたよ」

取り出したのは紙に包まれたひと房の御髪《おぐし》であった。伊予の方のものである。

女が髪を切る。特に身分の高い者がそれを行う。この行為の意味は、覚悟は、殿方が考えるよりも遥かにずっと重い。

これは伊予の方の誓約の証なのだ。包んでいるのは熊野誓紙《くまのせいし》にて、その旨を約定する文もしたためており、血判も押してある。

御髪から想い人の匂いを感じとったのか、黒焔馬が鼻を上下させ、猛々しい気配が少しばかり鎮まり、身にまとう焔もやや勢いが落ちた。

此度の一件で、黒焔馬は人の身勝手に翻弄され犠牲になった。

なので、お七はできれば穏便に済ませたかった。これは伊予の方の願いでもある。

「散々に裏切っておいていまさらだけど、どうか信じて……」

この懇願もまた手前勝手なのは百も承知だ。それでもお七は一縷《いちる》の望みにかけて語りかける。

その想いが届いたのか、徐々に黒焔馬の双眸から狂気の色が薄れつつある。

しかしその瞬間、辺りに古琴の音が鳴り響いた。

じゃらん！　じゃん！　じゃんじゃんじゃん！

背後のお堂より響く古琴の音が、さらに激しくなる。まるで絆《ほだ》されるのを許さぬと言わんばかりだ。

その調べによって、鎮まりかけていた黒焔馬の焔がまた勢いを取り戻す。

「やっぱりそうか」

黒焔馬の変貌《へんぼう》をまのあたりにしたお七は独りごちる。

真に祓うべき怪異は、黒焔馬ではない。

古琴に宿りし侍女の怨念だ。あれこそが幽世《かくりよ》を彷徨っていた黒焔馬の魂を現世に引き戻し、暴れさせていた元凶だったのだ。

倒すべき敵が定まったところでお七は走り出す。向かうは本堂にいる古琴のもとだ。

途中、用意しておいた袋を引っ掴む。中には塩玉がたんまり入っている。

「おっ母さん、黒焔馬を押さえておいて！」

お七の呼びかけに応じて足下の影がぐにゃりと歪み、影女のひのえが姿を現した。

『あいよ、任せな。馬っころの尻をぴしゃりと叩いて、しっかりと調教しておいてやらぁ』

下駄を脱ぎ手に持った影女が黒焔馬へと威勢よく飛び出した。

古琴の怪はお堂で楽を奏で続けている。

初めて聞いた時、お七はその音を耳にしただけで気が触れそうになった。

だが、もう効かない。理由は二つある。

まず一つ目は、何度か音を聞いたことで耐性がついたから。

もう一つは、怪異のことをよく知ったからである。相手の正体を知り、どういった意思を持っているのか、込められた念の深さ、悲しみ、怒りなど、それらを理解した途端、人心を惑わす音色は「得体の知れないなにか」ではなく、お七にとってはただの哀れな嘆きに変わった。

お七が古琴にずんずん近づいていく。

それにあわせて古琴の演奏は激しさを増した。まるで「寄るな！」と言っているようである。しかし、お七はかまわず距離を詰める。

ある程度近づいたところで、袋から取り出した塩玉を「えいや」と続けて五つ、投げつけた。

この塩玉、実はかなり気合いの入ったもので、以前の戦いで結界を施してくれていたみんなが協力して清めてくれたものである。それをお七が握り固め、投げつけているので、かつてない威力となっている。

見事にすべて命中し、古琴は沈黙した。

しかし、お七はじっと相手を睨んだままその場を動かない。

最初に対峙した時、古琴の怪はお七の塩のひと振りですぐに黙った。再び動くまでに十五日ほどもかかったという。

そして、いま放った塩玉は前とは比べ物にならないほどの威力がある。しかし、どうしたことであろうか。手応えがいまいちで、お七はどうにもしっくりこない。

いつでも放てるように新たな塩玉を握り、お七はじりじりと古琴へ近づく。

その時、風切り音が微《ひそ》かに聞こえた。闇に紛れてなにかが左から迫ってくる。お七はとっさにその場でしゃがんだ。伊達に赤子の頃より母に背負われ鉄火場《てっかば》を連れ回されてはいない。

ひゅん。ついさっきまでお七の頭があったところを一本の糸が通りすぎる。

なんと、それは琴の弦だった。流石に刀ほどの切れ味はないが、触れれば肌が裂け、首などに絡みつかれたら縊《くび》り殺されかねない。

演奏もいつのまにやら再開され、辺りにはまた古琴の音色が響き渡っていた。

　それにしても弦が細くて見えづらい。襲いかかってくる琴糸《こといと》をかわしながら、なんとかお七も応戦する。九つ目の塩玉を当てたところで、ぴんっと甲高い音がして、またしても演奏が途切れる。

　でも、じきにぶるぶると震え出し、耳障りな狂演が始まる。

　しかし、演奏の質ががくんと落ちていることに、お七は気がついた。

　流麗であった音の連なりに乱れが生じ、その代わりに暴れる琴糸が二本に増えた。

　よく見てみると、七弦であった古琴がいまは五弦となっている。

「なるほど、弦のほうがあんたの本体だったんだね。こいつはとんだ節穴《ふしあな》だった」

　お七は自分の勘違いを悟った。狩衣姿の男やみんなはずっと古琴の怪だと思い込んでいたが、それは誤りだったのだ。古琴は付喪神にすぎず、侍女の怨霊《おんりょう》は弦のほうにこそ宿っていたのである。

　一本、二本を断ち切ってもだめだ。すぐに復活する。

　倒すには、七本の弦をすべてまとめて祓う必要がある。

「でも、そうとわかればあとはいっきに攻めるのみ！　もう、あんたもいい加減に疲れたでしょう？　さっさと成仏しなよ。痴話喧嘩ならあっちで宮司さんと存分にするがいいよ。これでおしまいだよ！」

お七は啖呵を切り、塩玉を投げつける。

ところが、ことはそう易々《やすやす》とはいかなかった。

塩玉が古琴に当たれば弦がぷつりと切れる。弦が切れれば演奏の効力はぐんと弱まるが、その分だけ暴れる琴糸が増えるのだ。

切れた琴糸が三本となり五本となり、ついには六本となった。それらが一斉にびゅんびゅん暴れ回って、投げた塩玉を斬り裂いたり叩き落としたり、大暴れする。

「くっ、その辺の二本差しよりよほど腕が立つ」

お七の手持ちの塩玉がみるみる減っていく。

根深い女の恨みに辟易《へきえき》しながら、お七は逡巡《しゅんじゅん》する。このまま押し切るか。それともいったん退いて態勢を整えるべきか。

「いっそのことお堂に仕掛けたあれを使ってもいいんだけど。でも黒焔馬に用意したものだし……って、あれ？ いつのまにか表が静かになっている。ひょっとして狂奏が止んで黒焔馬が正気に戻ったのかしらん」

お七は外の様子が気になる。

次の瞬間、いきなり側の壁が吹き飛び、影女のひのえがどんがらがっしゃんと壁を突き破って本堂に転がり込んできた。不覚にも黒焔馬の蹄《ひづめ》を喰らって盛大に蹴飛ばされたのだ。

『あ痛たた。こんちくしょうめ！　なんて馬鹿力だ。あれなら力士十人と綱引きをしても楽々勝っちまうだろうぜ。って、げげっ！』

腰をさすりながら悪態をつき、ひっくり返っているお七を慌てて小脇に抱え、その場から遠ざかる。

その直後、漆黒の馬体が勢いよく頭から突っ込んできた。黒焔馬は正気を取り戻すどころか、より猛《たけ》り狂っている。

「なんで？」

『すまん』

当てが外れて首を傾げるお七に、影女が謝る。

『どうにも、あたいとやり合っているうちに、すっかりぶち切れちまったらしくって』

流石は神馬の血を引くだけあり、黒焔馬はたいそう強い。侍どもが幾ら束になっても敵わないほどだ。そんな相手に一歩も引かないどころか、ぼこすか殴り合う影女のひのえもまた強かった。強い怪異同士、双方はすぐに本気になった。

その結果、戦いはみるみる激化し、散々下駄で横っ面をぶたれた黒焔馬が怒り心頭に発してしまったのだ。

影女を追いかけて黒焔馬はお堂内に乱入してきた。壁をぶち壊した勢いのままに奥へと突進し、そこに聞こえてきたのが耳障りな古琴の音色である。

いまや一弦のみの貧相な音色だ。しかし、代わりに琴糸は勢いづいている。

暴れ狂う弦はぴしゃりぴしゃりと寄ってくる黒焔馬の面を打った。

それがよほど癪《しゃく》に障ったのか、黒焔馬は鬣をめらめら怒らせながらずんずん近づき、古琴を右の前足でひと踏みし、ぽかんと蹴飛ばした。

古琴がくるくる回りながら宙を舞う。蜘蛛の巣まみれの如来像《にょらいぞう》のご尊顔にぶつかり、はずみで仏像の首がぽとりと落ちた。ついでに古琴の最後の弦もぷつんと切れた。

その刹那、耳をつん裂く女の絶叫が寺中に響き渡る。

古琴が最後の力を振り絞り、なにかしたようだ。

黒焔馬がいななき、さらに暴れ出す。

そのせいで本堂はぐらぐら揺れ、屋台骨が軋《きし》み、めきめき異音がして塵《ちり》が舞う。

そして、その拍子にことり、と心張《しんば》り棒が外れた。これは、対黒焔馬用にと仕掛けた罠を作動させるためのものである。小娘の力でも扱えるようにと支えを軽めにしたのが仇《あだ》となった。

「げっ、いけない。おっ母さん、すぐに外へ！」

天井にずらりと吊り下げられていたのは、大樽だ。中にはお七の塩をたんまり溶かした特製のお清めの水が満杯に入っている。それらが一斉に傾いていく。火を消すには水と考えて設置した罠であったが、よりにもよってこの場面で発動するとは。巻き込まれたらただでは済まない。影女はお七を抱えたまま逃げ出す。お七と影女がお堂から慌てて表へと出たところで、背後から黒焔馬の悲鳴が聞こえてきた。

荒れ寺が倒壊し、もうもうと土煙を上げている。

瓦礫の山を前にしてお七たちは呆然とする。

「穏便に済ませるはずが、どうしてこうなった？　なんてこったい！」

お七は頭を抱えた。影女のひのえはそんな愛娘の肩をぽんと叩いて慰める。

しかし、その時のことであった。

ぐわんと瓦礫の山が震え、たちまち黒焔馬が姿を見せる。

紅蓮《ぐれん》を従えて立つ姿は神々しいほどだ。ただし、拝めばご利益がある神様なんぞではない。ここにきて、怪異としての格がさらに一段上がったようだ。

「ふしゅう、ふしゅう」

黒焔馬が焔の息を吐きながら、後ろ足で地面をがしがし引っ掻いている。目つきは険しく耳を伏せ、尻尾も立てている。

溜め込まれた憤怒の力が解き放たれた瞬間、瓦礫の山が四散し爆音が轟《とどろ》いた。

瓦礫から飛び出した黒焔馬が、お七たちのもとへ凄い勢いでやってくる。

お七と影女にできたのはその場で伏せることぐらいだ。

あまりの勢いにて黒焔馬はお七たちを飛び越え、傾いていた山門にぶつかり、力任せに押し倒しただけでなく、ついには石段の天辺から宙へと踊り出し、ぱからぱからと天を駆けたのだ。

怪異に慣れているお七もこれにはあんぐり口を開けた。しかし驚いてばかりもいられない。

見たところ黒焔馬も戸惑っているのか、走りがぎこちない。きっと宙での体の使い方がわからないのだろう。だが、おそらくすぐに慣れる。ただでさえ強いのに、そうなったらもう手がつけられない。止めるのならばいまのうちだ。

「どうしよう……おっ母さんに大きくなってもらったところで、とても叩き落とせるとは思えないし」

影女はある程度までなら大きさを変えられる。だが大きくなるとその分だけ消耗も激しく、動ける時間がぐんと減る。

ここで影女を失うのは流石にまずい。さりとて妙案も浮かばずお七は焦る。

すると影女が言った。

『よし、だったらあたいも飛んでやるぜ。神馬の血筋だかなんだか知らないが、死んでまで女の尻を追いかける馬っころに空が飛べて、娘可愛さでその影にとり憑いているあたいが飛べないわけがない』

もう無茶苦茶である。しかし当人はいたって真剣で、『むむむ』と力んでぶつぶつ言っている。

『馬のくせして空を飛ぶたぁ、ふてぇ野郎だ。飛ぶならせめて背中から羽根でも生やしやがれってんだ。えーと、空、飛ぶ、浮く、舞う、鳥、羽根、翼《つばさ》、つばさ……』

影女はしばし一心不乱に念じていた。

すると、影女の輪郭がぐにゃりと歪み始めた。

「まさか！」

目を見開くお七。

今夜は驚かされることばかりだが、最後に特大のが待っていた。

なんと、影女が変身したのだ。大きな翼をばさりとはためかせる。

まさに、影鴉《かげがらす》である。

『ふふん、どんなもんだい。さぁお七、あの馬面を殴りにいくよ』

影女にそう言われ、お七はおずおずその背に乗る。背の感触は猫の体のようにふにゃんと柔らかく、温もりはなくひんやりしている。しいて似ているものを挙げれば、田植え前の泥の田んぼであろうか。それはともかく、お七は掴まるところがなくて困った。これではすぐに振り落とされてしまう。

『こうすれば、落ちないだろう』

影鴉の背中の一部が伸びて紐状《ひもじょう》となり、お七の体に絡んでしっかり固定する。

『どれ、ちんたらやるのは性に合わない。最初っから飛ばしていくよ。舌を噛まないように注意しな』

そう言うなり、影鴉はばさばさ翼をはためかせながら駆け出した。向かったのは黒焔馬に薙ぎ倒された山門だ。踏み台にちょうどよさげである。

徐々に力を込めて、強く、しなやかに羽ばたく。そうして、ふわりと体が浮いたところで勢いよく宙に飛び出した。

影鴉の体がいったんくんと沈む。でも落ちない。石段すれすれを滑空し、麓にぶつかる寸前に夜空へと舞い上がる。両翼をぴんと広げて風を受け、たちまち武蔵野の野を見下ろすところにまで上昇する。

そして、その場で二度大きく旋回した。影鴉は翼で飛ぶこつを早くも掴んだようだ。

生前、ひのえは見込んだ情夫《いいひと》に惚れて尽くして才能を開花させ、男が大成しそうになったら次に乗り換える恋愛癖の持ち主であった。その過程で相手から色んなことを学び吸収したものである。ゆえに勘所《かんどころ》の見極めが上手い。

『まさか空の飛び方まで身につける日がくるとはねえ。あっはっはっ』

影鴉は豪快に笑う。だが背に乗るお七はそれどころではない。

前から強風がぶつかってくる。たまらず顔を背ければ、景色が後ろに流れて目が回り、胸がむかついてくる。俯《うつむ》いても黒い背中に吸い込まれそうな気になって恐ろしい。慣れない空の上。しかし、影鴉はそんなことは露知らず。

「おっ母さん、先に謝っておくよ。うぷっ、吐いたらごめん」

お七は顔面蒼白《がんめんそうはく》で言う。

これには影鴉も焦りを覚える。だが、前方に空を駆ける黒焔馬の後ろ姿を発見し、お七もたちまち気分の悪いのなんか忘れてしまった。

『どうする？』

影鴉が問いかけると、お七は抱えている袋をぽんと叩く。

「黒焔馬もまさか空まで追いかけてくるとは思っていないはず。まだ気づかれていない、いまが攻め時だ」

出し惜しみはしない。いっきに接近し、至近距離から塩玉をぶち込む。

ただし、倒すことが目的ではない。あくまで弱らせるのみだ。存分に力を使わせて怒りを発散させれば、まだ交渉の余地はあるはず。

お七はなんとしても黒焔馬を救いたいのだ。これはなにも情に流されただけのことではない。数多の怪異と接してきたお七だからわかる。もしもこの怪異を無惨に倒したら、きっと取り返しのつかない事態を引き起こす。黒焔馬を祟り神にしてはいけない。だから是非《ぜひ》でもここで鎮め、成仏してもらいたいのだ。

影鴉がぐんと高度を上げる。

馬の視野は広い。ほぼ全方位を見渡せる。あの耳も厄介だ。左右別にくるくる動かしては、周囲の物音をつぶさに拾う。

『用心棒を十人雇うより、馬の一頭でも庭に放っておくほうがよほど見張りの役に立つ』

ご隠居もいつかそんなことを言っていた。

開けた空の上で、気づかれずに黒焔馬に痛恨の一打を見舞うのは至難の技だ。ゆえに、ここは上からいかせてもらう。

黒焔馬の背を見下ろせる位置にまで上昇したところで、影鴉は急降下を開始した。さらに速度を増すために途中で翼をたたみ、矢となり襲いかかる。

一方の黒焔馬は感度のいい耳をぴくりと動かす。自身へと迫る何者かの気配を察知し、首を動かし方々に目を向ける。けれどもなにも発見できず、いま一度耳に意識を集中しようとしたところをお七たちが襲撃した。

黒焔馬が気づいた時には、すでになにかが自らの脇を通りすぎようとしていた。

間髪容れず、黒焔馬の後頭部から背中にかけて衝撃が走り、身悶える。

天《あま》駆ける黒焔馬と影鴉が交差する刹那、影鴉の背にいるお七が塩玉を五つばら撒いたのだ。まともに喰らった黒焔馬は足並みが乱れ、馬体がぐらりと揺れた。

空の上でいきなり攻撃を受けて驚く黒焔馬が慌てて敵影を探すも、その時にはすでに影鴉は遥か下方の地表近くにまで降りており、捉えられない。

影鴉は広げた翼を傾け、風を受け流しつつ右へと旋回し、また急上昇する。そうしてまた黒焔馬の上空後方に陣取り、すかさず第二撃を繰り出した。

当てた塩玉の数は初撃と同じである。これで計十もの攻撃が通った。

しかし、ついにお七たちは黒焔馬に気づかれてしまい、黒焔馬が宙を力強く蹴り、お七たちに向かって駆け出す。

一転してお七たちは追われる立場となってしまった。

同じ空飛ぶ怪異とはいえ、両者の質はまるで異なる。

風を利用し、鳥のように飛んでいる影鴉と、己が足にて駆ける黒焔馬。

これでは後者のほうが速い。お七たちはたちまち距離を詰められた。

「おっ母さん、あっちへ」

じきに追いつかれる。お七が北を指差し叫ぶ。

影鴉が向かったのは武蔵野の山間部だ。

折り重なり連なる山がまるで巨大な黒い壁のようである。

鹿《しか》や猿ですら躊躇《ためら》いそうな、人の身ではとても立ち入れぬ険しい深山。

岩肌が剥き出しの斜面ぎりぎりを影鴉は飛ぶ。前方に突き出ている木をひょいとくぐり、大岩を跨ぐ。冷たい山風に煽られるも、風の流れを巧みに読み、影鴉は飛翔を続ける。

その少し後方に黒焔馬が迫る。怒りに任せて我が身を顧みず駆けているので、体を擦ったりぶつけたり、生傷が増えじりじりと疲労の色が濃くなってゆく。

お七はここが勝負の決めどころと見定めた。

影鴉が指示を受けて渓谷《けいこく》へと入る。わざと速度を落とし黒焔馬を引きつける。

正面に見えるのは、山奥にて人知れず大量の水を吐き出し続けている滝である。

落水に突っ込む寸前、影鴉は身を翻し垂直に上昇した。

この動きに黒焔馬はついていけず、頭から滝へと突っ込み裏の岩壁に激突した。

空中で横倒しになる黒焔馬。そこへ滝の水が轟々《ごうごう》と降り注ぐ。

しかも、それだけではない。

「えいや！」

影鴉の背から飛び降りたお七が宙に踊る。

「こちとら江戸っ子、女は度胸ってね！　わたしも付き合ってやるから、ちょいと滝に打たれて頭を冷やそうや」

両手に持った塩玉を一つずつ、しっかりぶちかます。

すると、ふっと蝋燭《ろうそく》の火が消えるようにして、黒焔馬の全身を覆っていた禍々しい気配が霧散した。だらりと力を失った馬体が落下を開始し、お七ともども滝壺にどぼんと落ちた。

しばらくして漆黒の馬体が水底より上がって、岸辺へと歩いてくる。

先ほどまでの猛々しさは失せている。その背には目を回しているお七の姿もあった。

影鴉から元の姿に戻っていた影女のひのえがこれを迎える。

『その様子だと頭は冷えたみたいだね』

黒焰馬が「ふん」と鼻を鳴らす。

『ああ、ずっと頭の中で蠢《うごめ》いていた黒いものがなくなっている。ずいぶんと迷惑をかけたようだな。おぬしにも、この娘にも』

黒焰馬は背に乗っているお七を見つめる。気遣いが浮かぶその瞳には、もう狂気の焰は宿っていない。

『かまいやしないさ。それよりもこっちはもうへとへとでね。お七もそんな様子だし、悪いけど乗せておくれよ』

影女の頼みに黒焰馬は「ひひん」と鼻先を上下し、あっさり了承する。

かつて伊予姫以外には許さなかったその背中だが、いざ許してみれば他愛もない。いまではもうなにもかもが遠く、すべてが夢だったように錯覚する。

『頑なであったのだな。おれも、伊予姫も、宮司も、あの侍女も、誰も彼もみな……』

空へと駆け上がり、黒焰馬が感慨深げに呟くと、背に乗る影女が太い馬首をぺちんと叩く。

『渦中に身を置けば、みんなそんなもんだって。そもそもの話、冷静でいられる色恋沙汰なんぞに、大した価値はありゃしないよ。狂って、逆上《のぼ》せて、おたおたして、相手の仕草や言葉一つに舞い上がったりへこんだりするもんだよ。それでもね……』

いったん言葉を切った影女は、疲れて寝ている愛娘の頭を愛おしそうに撫でながら続ける。

『あたいはつくづく思うのさ。上手くいこうがいくまいが、こればっかりは相性や巡り合わせがあるからなんとも言えないけれど、それでも誰かが誰かを本気で好きになるってのは、きっといいもんなんだろうってね』

今回の騒動は、遡《さかのぼ》ればしくじりだらけであった。それでも根っこにある想いだけは真実で、嘘偽りのない本心であったはずだ。

影女の言葉に黒焔馬は涙を浮かべた。零れた雫《しずく》が夜風に流れてどこぞに消える。

◇

過去の呪縛《じゅばく》と狂気から解放された黒焔馬が、お七を乗せて向かったのは伊予の方が住まう屋敷であった。

黒焔馬が中庭に降り立つ。

これを伊予の方と殿様、双子たちが緊張した面持ちで迎える。

涙ながらの再会にて、伊予の方は己の不義理を恥じ、詫《わ》びた。

『気にすることはない。姫が幸せであるのならばそれだけでいい』

黒焔馬は男を見せ、そう伝えた。

「伊予とこの子らはなにがあっても必ず守る」

殿様もそれに応え、堂々と宣言する。

同じ女に惚れた者同士、男と男の約束だ。これを胸に黒焔馬は、姫の郷里一帯の守り神となり、姫が愛した地を、ともに駆けた野原を、豊かな自然を、そこに住まう人々を見守っていくと言い残して、旅立った。

殿様は、姫の郷里に新たに黒焔馬を祀る社を建立することを決めた。

万事が収まるところに収まったのを見届けたところで、お七もようやく帰路につく。

駕籠を柳鼓長屋の手前で降ろしてもらうと、千代がその姿をいち早く見つけ、声をかける。

「お七さーん」

笑顔でとてとて駆けてくる千代を、お七は両手を広げて迎えた。腕の中に温もりが伝わる。お七はようやく自分があるべき場所に帰ってきたと実感するが、その途端、ぽてんと尻もちをついてしまう。これにはお七も驚いた。

「あー、ごめん、千代ちゃん。ちょっとうちに行っておじいちゃんを呼んできてくれないかな。どうやら気が抜けた途端に、どっと疲れが出ちゃったみたい」

おろおろ泣きそうになる千代をなだめつつ、お七は照れ笑いしながらそう言うのだった。

閑話 甘露梅《かんろうめ》

黒焔馬をやっつけて帰宅したところで、緊張の糸が切れたのか、お七は熱を出し寝込んでしまった。幸い大したことはなく、ひと晩休んだら熱はあっさり引いた。

しかし少し怠《だる》さが残っていたので、仁左の勧めもあり、しばらくおとなしく寝ておくことになった。

千代がそんなお七の世話を焼く。心配するあまり泊まり込んで、片時も離れようとしない。とんだ世話女房っぷりだ。

とはいえ、厠にまでついてこようとしたのにはお七も思わず苦笑いしてしまった。

布団の中で過ごすこと二日目。

早くも飽きてしまったお七は暇潰しに書物でも読もうと手に取る。その途端、ひょいと横合いから千代に奪われる。

「ちゃんと寝てなきゃだめ」

小さな女房はたいそう厳しい。お七は布団の上で退屈に過ごすばかりである。

「どんな具合だい？」

そこへと顔を見せたのはお良だ。弟子のところへ三味線の稽古をつけてきた帰りに、立ち寄ったのだ。

「その様子ならもう大丈夫そうだね。ほい、これ。もらいものだけどよかったらどうぞ」

お良がそう言って渡したお見舞いの品は、日本橋の小伝馬町《こでんまちょう》にある尾張屋《おわりや》という菓子屋の箱だった。中には紫蘇《しそ》の葉にくるまれた丸いお菓子が十ばかり、二列になって並んでいる。

千代は初めて目にするお菓子だ。物珍しさもあって、鼻先を近づけてくんくん匂いを嗅いだが、すぐに顔をそらしてしかめっ面となる。

「うっ、すっぱい梅干しの匂いがする」

梅の風味やすっぱさは、小さな子どもにはちと早い。

「あっはは、大丈夫だよ、千代ちゃん。騙されたと思ってちょいと食べてみな。とっても甘くて程よい酸味が癖になる味だから」

お良が笑いながら言う。

この菓子は近頃売りに出されて、旦那衆の間でたいそう評判になっている甘露梅だ。

紫蘇の葉は甘く味つけされており、その葉に包まれているのはぷるんとした求肥《ぎゅうひ》の玉。

玉の中には特製の梅餡《うめあん》が潜んでおり、ぱっと見には大きな梅干しに似ているのだが、口に含んでみると絶妙な酸味と甘味が広がって、思わず笑みが零れる。

人気ゆえになかなか手に入らないものだから、甘露梅は幻の菓子ともて囃《はや》されている。本郷《ほんごう》の藤《ふじ》むら羊羹と並び、いま江戸っ子がもらって嬉しい土産物の番付上位だ。

梅が苦手な千代も、頬張っては、もちもちの食感と甘味に目を細めている。

お七もありがたく頂戴《ちょうだい》する。

「本当に美味しい。でもせっかく苦労してお良さんのために手に入れた人が、ちょっとお気の毒だね」

「ふふっ、いいんだよ。あの旦那は気に入った品を取り寄せては、こうやって方々に振る舞うのが趣味みたいなお人だから」

お七の言葉に、お良が笑って答える。

そうやって贔屓《ひいき》の店や職人を応援しているのだと言いつつ、お良はさりげない仕草にて小皿に甘露梅を一つ取り分けた。そして自身の陰に隠れるような位置にそっと置く。

途端にお七の影から手が伸び、皿《さら》の菓子をひょいと攫った。

お良は、お七の母ひのえと生前親交があった。ひのえが急逝し、愛娘にとり憑いて影女になったとて、その友情は変わらない。なお、千代はまだ影女のことを知らないので、こそっとお裾分けした次第である。

「そういえば二人の馴れ初《なそ》めとか、ちっとも知らないや」

それに気づいたお七は、せっかくの機会だからと昔話をせがむ。

「そうさねえ」

お良がちらりとお七の影に流し目をくれてから話し始めたのは、まだお七が生まれる前、お良が深川で芸者として活躍していた頃のことである。

◇

男勝りで気風がよくて情にも厚い。さらに、芸は売っても色は売らぬ。黒の羽織姿にて、意地と張りを看板に颯爽《さっそう》と夜をゆく。それが深川は辰巳芸者の心意気だ。

舞妓や芸妓が京の華ならば、辰巳芸者は江戸の粋と、もて囃されるようになったのは、いつの頃からか。

そんな辰巳芸者に、いい女がいた。お良である。彼女はちょっとした時に見せる表情や仕草がどこか猫を連想させる麗人だ。

客あしらいが滅法上手く、唄に踊りに三味線にと芸事はどれも達者で、他にも即興で俳句や和歌なんぞを詠《よ》み、時には囲碁や将棋を差し、繰り言なんぞにも嫌な顔一つせずに付き合ってくれるとあって、たいそうな評判であった。

方々のお座敷から声がかかり、行った先ではたちまち客の心を掴んでしまい、これがまた新たな客を呼ぶ。

お良の賢いところは転がり込む注文を自分だけでは抱え込まずに、周囲に惜しげもなく分け与えたことだ。置屋の女将《おかみ》さんには尽くし、姉貴分たちには礼を失することなく、同輩らには敬意を払い、妹分たちは可愛がるものだから、ますます評判は鰻のぼりだった。

けれども夜の世界は酒と男と女の席ゆえに、時には勘違いをしたり逆上せたりする輩もちょいちょい現れるのが悩みの種であった。

ある小雨が降る夜のこと。

お座敷明けの帰り道、妹分らを先に送ってから、お良は一人で堀沿いを歩いていた。

手元の赤い番傘をいじれば、くるりくるりと回って飛沫が踊る。

雫の行方を目で追いながらお良はちらりと、背後の闇を見た。

「ひの、ふの、みぃ……」

ついてくる影を数えつつ、素知らぬ振りをして夜道を行く。

小橋へと差しかかったところで、前方から複数の足音が駆け寄る。

たちまち行く手を塞いだのは四人の覆面姿の侍たちだった。後ろを振り返れば、すでにそちらも三人に通せんぼされている。

気がつくとお良は橋の上で、挟みうちされていた。

「だいの男が大勢で女一人にみっともない。どこの三一なんだろうねえ。あー、情けないったらありゃしない。お腰のものが泣いてますよ」

この状況で啖呵を切ったので、囲んだ男たちがやや怯む。しかし引き下がりはしなかった。

お良は「はぁ」とため息を吐いて番傘をたたむ。男たちの素性はわからぬが、おおかた自分に袖にされたことを逆恨みした、どこぞの若様か主君にでも命じられたのであろう。

「おとなしくついてこい」

男のうちの一人が凄む。

お良は返事の代わりに番傘をひと振りした。ぴしゃりと跳ねた雫が不埒者《ふらちもの》らの面を打つ。たちまち激昂した相手が刀を抜いた。

いっそのことそのまま切りかかってくるような相手ならば楽であったのだが、目の前の男はそこでいったん立ち止まり「すう、はぁ」と深呼吸をする。

芸者相手でもきちんと態勢を整える。他の六人はどうか知らないが、少なくともこの男はしっかり武芸の鍛錬を積んでいる。

「ますますもって嘆かわしいねえ」

お良がそう言ったのと同時に、芸者と侍七人との乱闘が幕を開けた。

お良をつけ狙う侍たちは、まんまと橋の上に押し込めたまでは計算の内であったが、そこから先は予想外であった。お良は思いの外に身軽で、ひらりと男どもの剣をかわしては、ときおり番傘で攻撃を放つ。

さらに、橋の上が狭すぎて数を活かせない。全員が刀を抜いたのもまずかった。隣の切っ先が危なっかしくて思い通りに動けないのだ。それに幾ら小雨降る夜更けとはいえ、あまり騒げばいずれ誰かに見咎《みとが》められるやもしれぬ。

焦る侍たち。それをよそにお良は飄々《ひょうひょう》としたもので、舞いのような軽やかな動きで、男たちを翻弄する。

しかし、ついていなかった。下駄の鼻緒《はなお》がぷつんと切れたのである

「あっ」

お良はつんのめる。

そこへすかさず男の一人が迫った。そして、お良の腕を掴んだ。

「ようやく捕まえたぞ」

こうなると女の細腕では振り解けぬ。

さりとてむざむざ手折《たお》られるのなんざぁ、真っ平御免だった。お良が自由の利くほうの手で掴んだのは、頭に挿していた珊瑚玉《さんごだま》の簪《かんざし》だ。こいつで意地のひと刺しをしてやろうと目論《もくろ》むが、簪が血で汚れることはなかった。

ばかん！

派手な音がしてお良を捕まえていた男が膝から崩れ落ちる。橋の袂から飛んできた空《から》の徳利《とっくり》が後頭部を直撃したせいである。

夜の帳より現れたのは、鳥獣戯画《ちょうじゅうぎが》の柄をした羽織りを着た伊達女の酔っ払いだった。

そしてこの女こそが若き日のひのえである。伊達女はいきなり徳利を投げつけ、開口一番こう言った。

「つまんねえもんを見せやがって。せっかくのいい気分が台なしじゃねえか」

そこから先は酷かった。伊達女は口より先に手が出る足が出る……ぽんぽんぽんと侍どもを堀に叩き落とした。

男たちは乱入者に動揺している。お良もすかさず攻撃へと転じる。

近くの相手の足の甲を番傘の先でどんとひと突きする。

「ぎゃっ！」

痛みで片足立ちとなったところを「えいっ」と押す。途端に体勢を崩した相手は転んで堀にどぼんと落ちた。

芸者一人を攫う簡単な仕事のはずが、気づけば女二人が大暴れして、手勢を失った侍たち。七人いたのがついには一人となった。残ったのは一番腕が立つとお良が思っていた男だ。残り一人となって、ようやく男の目つきも変わる。

しかし、お良と伊達女は呑気に言い合いをしていた。

「ちょいと、少しは遠慮したらどうだい？　あんたはもう四人も倒しているんだから、最後ぐらいはこっちに華を持たせなよ」

「あん？　そんなもん知るか。喧嘩は早い者勝ちだ。それにあんなやりがいがありそうな奴、みすみす見逃してなるものか」

ふざけた態度と物言いを前にして、男も流石に憤慨《ふんがい》した。

「おのれそれがしを愚弄《ぐろう》するかっ。こうなればまとめて叩っ斬ってやる！」

そう言うなり男はやや腰を落とし、肩に担ぐようにして構えた剣を振り抜いた。勢いの乗った切っ先が凄まじい速さで二人に迫る。

閃く刃が、しとしと降る小雨をずばっと斬り裂いた。

「本当に惜しいこと。それだけの腕があれば、幾らでも立つ瀬がありそうなものなのに」

お良が番傘をぱっと開く。

突如として咲いた赤い傘の花。かまうことなく男は刀を振り抜く。白刃が番傘へと吸い込まれたちまち裂けた。だが断ち切れない。

刀が傘の中棒に咥え込まれ、半端なところで止まっていた。辰巳芸者の番傘は蛇の目《じゃのめ》傘よりもずっと骨太《ほねぶと》な造りゆえ、できる芸当である。

男は慌てて傘から刀を引き抜こうとする。

しかし、そこに飛んできたのは泥のついた下駄の歯であった。伊達女が脱いだ下駄をしっかり手にはめ、振り抜いたのだ。

放たれた攻撃は女とは思えぬほどの威力であった。強烈なのを横っ面に喰らって、男の意識が半ば飛ぶ。それでもなお剣を放さず、無意識のうちに反撃を試みたのは大したものだ。しかし、それは届かず、あっさりもう片方の下駄で殴られ、倒れ伏した。

「やるねえ、あんた。いい根性してるじゃないか。たしかにこんなところで腐らすには惜しい腕だ。刀をへし折って、堀に叩き込んでやろうかと思ったけど勘弁してやらぁ。目を覚ましたら生まれ変わって、せいぜい精進していい男になりな」

伊達女はそう言うなりぱかんともう一発殴った。

「幾ら男勝りが辰巳芸者の粋とはいえ、二本差しを相手にして暴れるのがいるとは思わなかったよ。とんだじゃじゃ馬もいたもんだ」

伊達女が半ば呆れつつ、お良の下駄の鼻緒《はなお》をしゃがんで直す。

「下駄で野郎をしばく女がなにを言うのやら。やれやれ、いい男相手ならばともかく、とんだ相合傘《あいあいがさ》もあったもんだよ」

ちょんと片足立ちをし、伊達女の肩を借りて終わるのを待つお良がやり返す。

お良の手には破れた傘が握られている。なにも差さないよりは幾らかましであろう。

そして、二人の女たちはたちまち揃ってくすくす笑い出した。

◇

お七にせがまれるまま、彼女の母ひのえと出会った夜のことをお良は語った。

「えーっ、二人してなにをやってるの」

しかし、話を聞き終えたお七から向けられたのは呆れ顔であった。

ばつが悪くなったお良は「ほほほ」と笑って誤魔化す。

「それじゃあお七ちゃん、またね。元気になったら今度は千代ちゃんと女三人で浅草《あさくさ》にでも遊びにいきましょう」

お七はまだまだ聞きたいことがあったが、お良はそう言って、そそくさとどこかに逃げていってしまったのであった。

其の五 しょうけら

とある料亭の座敷にて、材木問屋山野屋《やまのや》の主人と骨董商《こっとうしょう》の男が会っていた。

二人は香炉《こうろ》を挟んで差し向かう。

それは青磁茶碗《せいじちゃわん》のような形で、蓋のつまみが小鳥の細工になっていた。山野屋の主人は品物を手にして、返すがえす眺めては悦《えつ》に浸る。

「おぉ、これが例の香炉か。なんとも美しい見た目だ。まるで、春の麗らかさを運んでくるかのようであるなぁ」

「そうでしょうとも。方々に手を回してようやくご用意することができました。どうぞお納めくださぃ」

「ありがたい。これでようやく目の下の隈《くま》とおさらばできるわい」

この香炉、銘《めい》を春眠暁《しゅんみんあかつき》という。

山野屋の主人の目下の悩みは、眠りであった。ここのところ昔のように眠れない。色々試してみたが、どれもいま一つであった。

そんな折に風の噂で聞いたのが不思議な香炉の話であった。

なんでも枕元に置いて焚けば、朝までぐっすりいい夢が見られるらしい。

胡散臭い話にてその効果を疑うのは並みの感覚である。しかし、お大尽《だいじん》ともなればひと味違う。

「なぁに騙されたとてかまわん。たかが二百両ぽっちだ。笑い話の種にでもなればもっけの幸い、宴席にて酒の肴《さかな》にでもすれば、充分に元が取れるというものよ」

山野屋の主人は、金に糸目はつけぬから手に入れてほしいと骨董商に頼んでいた。

「ありがとうよ。さっそく今夜にでも試してみるとしよう」

ほくほく顔にて香炉の箱を抱え、山野屋の主人は駕籠に揺られて帰っていった。

骨董商の男はそれを見送り頭を下げる。伏せた面に浮かんでいたのはせせら笑いであった。

「さて獲物が餌に食いついた。仕掛けは済んだことだし、あとは十日ばかり様子を見てからだな。緋衣《ひえ》様にはそのようにお伝えしておいてくれ」

骨董商の男が呟くと、後方にあった柳の枝がわずかに揺れた。

◇

山野屋の主人が香炉を買ってから十三日後のこと。

山野屋に賊が入った。蔵を破られ千両箱が三つ盗まれたのだ。何故だか奉公人、家族、用心棒どころか飼っている番犬二匹までもが深く寝入ってしまい、朝まで誰も気づかなかったというから奇妙な話である。

報せを受けて岡っ引きの以蔵親分が店に駆けつけた。

「おい、他に盗られたものはないか？」

以蔵親分が尋ねる。

「香炉が、わしの香炉がない！」

主人はあたふたしながら答えた。

盗られた三千両よりも香炉の心配をするなんて、と首を傾げながら店を出る以蔵親分であったが、途端に目つきが鋭くなる。店先に群がっていた野次馬たちの中に見知った顔がいたのだ。しかし、目が合うなり相手はさっさと行ってしまう。

「あれは万屋の鉄之助じゃねえか。まるで死人みたいな顔をしやがって、いったいどうしたってんだ？」

◇

黒焔馬の騒動のあと、寝込んだお七であったが、すっかり元気になって三日で床払いした。

「快気祝いだよ」

お良が、元気になったお七と千代を浅草見物へと連れ出す。

お参りをして、露店を冷やかし、見世物小屋を覗き、甘味処にも寄って……お七たちはたっぷり遊んで柳鼓長屋へと戻った。

「た、大変じゃ！　鉄之助が番屋にしょっぴかれてしもうた」

帰るなり、ご隠居が泡を食って駆け込んできた。

米問屋の越後屋《えちごや》、両替商の泉屋《いずみや》、材木問屋の山野屋、ここのところ江戸市中にて盗賊の被害が頻発している。狙われるのは大店ばかりで、同様の手口から同じ一味の犯行と思われた。

殺さず、犯さず、貧しき者からは奪わず、盗みの三ヶ条を守り、どれだけ蔵に金があろうとも盗むのはきっかり三千両と香炉の一つきり。鮮やかな犯行にて、ちっとも尻尾を掴めない。

その盗賊一味は、家人らがぐっすり寝ている間に犯行を重ねることから、庚申《こうしん》の夜に寝ていると悪さをする妖怪になぞらえて、しょうけらと呼ばれていた。

火付盗賊改も躍起《やっき》になって行方を追っているが、後手に回っている。

そんな折、ある岡っ引きが現場となった店先の野次馬の中に、毎度同じ顔があることに気づいた。

「よお兄さん、ちょいと話を聞かせてもらおうか」

十手片手に声をかければ、なんのかんのと言い繕ってすぐに立ち去ろうとする。ますます怪しいとなって、鉄之助は番屋に連行されたというわけだ。

店子が不始末をしでかした場合、長屋の代表が「御免なすって」と先方に挨拶するのが慣わしである。だから仁左とお七は、さっそく鉄之助が留め置かれている番屋へと赴く。

脇坂も同行する。なにせ十手持ちはぴんきりで、以蔵親分は上等な部類だが、威張り散らして袖の下をせびる輩も多い。

『用心棒がわりに連れていきな』

お良のその言葉で、脇坂も同行することが決まったのだ。

「どうにもらしくねえなぁ」

脇坂が道すがら呟く。

「だよねえ」

仁左は無言を通し、お七は脇坂の言葉に同意する。

鉄之助といえば細目でいつもにこにこ愛想がいい。抜かりなくなんでも小器用にこなし、顔も広く、その仕事ぶりから贔屓筋も多く、万屋稼業は順調だ。

さらに元忍びという異色の経歴の持ち主で、世間の裏表に精通しており、お七もなにかと頼りにしている。それが簡単に捕まるとは、どうにも解せぬ。

「具合が悪かったとか」

お七は言う。

「……もしくはあいつが動揺するほどのなにかがあったか」

脇坂も思案している。

そうこうしているうちに三人は番屋に到着した。

◇

「こいつはどういった了見だっ！」

囚われた鉄之助の姿をひと目見るなり、脇坂が顔を真っ赤にして怒鳴った。

鉄之助は上半身裸で柱に縛られており、頬は腫れ、体中痣《あざ》だらけ、暴行された形跡がありありと残っていた。

脇坂は憤慨し、朱鞘から同田貫を抜くなり鉄之助の縄を切る。その切っ先を鼻面に突きつけられた岡っ引きは「ひいぃ」とへたり込んだ。

番屋内は騒然となり、殺伐とした空気の中、駆けつけたのは以蔵親分と本所見廻与力の伊藤であった。

以蔵親分は鉄之助がしょっぴかれたと聞いて、なにかの間違いだと解き放つように掛け合うも、相手はまるで聞く耳を持たない。これでは埒《らち》が明かないと上役に御出馬《ごしゅつば》を願った次第である。

しかし、この伊藤は見た目こそは偉丈夫《いじょうふ》だが、荒事はからっきしである。同田貫を手にした鬼の形相の脇坂の剣気に当てられ、たちまち固まってしまった。

猛る剣客、びびる役人、のびている岡っ引き、おたおたする手下ども。

慌てふためく大人たちで現場は大混乱である。唯一落ち着いている仁左は鉄之助の介抱に忙しい。

ため息を吐いたお七は下駄を脱いで手に持つなり、いきなり壁際の水瓶を叩き割る。がちゃんと凄い音がした。みなの視線がお七に集中する。

「はい、脇坂さんはとっとと刀を納める。伊藤さまはしゃんとして。そっちの下っ引きさんらは自分たちの親分の面倒をお願い。それから木戸番のおじさんはひとっ走りして、医者を呼んできて。他に手の空いている人は散らかった番屋の片づけ。ほら、いつまでも呆けてないで、てきぱき働く」

ぱんと手を打ち鳴らして、お七が号令をかけると、男どもがのろのろ動き出した。

番屋内はいったん落ち着いたものの、肝心の鉄之助が解き放たれない。

以蔵親分が上役の伊藤を呼んだことにより、相手も同格の上役が出張ることになる。

そこで話がまとまればよかったのだが逆にこじれた。

なにせ伊藤といえば、本所深川界隈では知らぬ者のいない伊達男だ。町を歩けば行く先々で黄色い声が飛び交い、浮世絵の版元から声がかかるほど。

でも女からちやほやされるほどに、男からは嫉妬される。鉄之助をしょっぴいた岡っ引きの上役もその類であった。

やたらと鉄之助の解放を渋るものでお七が首を傾げていたら、下っ引きの一人が教えてくれた。

「いえね、実はうちのだんなが熱心に粉をかけていた芸者から『いい加減にしつこいんだよ！　そのまずい面を引っぺがして伊藤さまみたいになってから出直しやがれ、このすっとこどっこい』と言われたみてえでして、はい」

進展しない話し合いに脇坂は青筋を立てている。いざとなったら体を張って止めないといけないかもしれないと、お七は緊張した面持ちで行方を見守る。

すると、ここで思わぬ人物が登場し、すぱっと話をまとめてくれた。

それは、火付盗賊改の与力頭である。以前に近江屋を巡る事件にて、なにかと力になってくれた人だ。

鉄之助はようやく解き放たれた。でも柳鼓長屋へ帰ることなく、お七や脇坂ともども別の場所へと向かうことになる。

「医者はこちらで手配する。その方らにちと相談したいこともあるゆえ」

与力頭からそんなことを言われては断われない。

「大丈夫だから、先に戻って心配している長屋のみんなを安心させてあげて」

お七は仁左に頼み、脇坂と鉄之助とともに与力頭についていく。駕籠に乗せられ向かった先は火付盗賊改の屯所《とんしょ》であった。

◇

鉄之助を助けに行き、与力頭から相談を受けた翌日。

火盗改の与力とお七が訪れていたのは材木問屋の山野屋であった。盗賊しょうけらの被害にあったうちの大店の一つだ。大金を盗まれたというのにぴんしゃんしている。

これが豪商と呼ばれる店の主人なのかと、お七は感心するやら呆れるやら。

店側には話を通してあったので、お七たちはすぐに奥へと通された。

手代に案内されるまま、店先から奥の母家、中庭、蔵など広い敷地内をひと通りぐるりと回る。

「どうだ？」

与力の言葉にお七は頷く。

「うん。微かに怪異の残り香がある。先の二軒と同じ。いい匂いだからすぐにわかったよ」

本日は朝から盗賊しょうけらにやられた店を順番に巡っていたのだ。

与力頭からの相談事は二つあった。

一つは、今回の盗難事件がどうにも不可解なので、一度柳鼓の塩小町に現場を視てもらいたいというものだ。

もう一つは、鉄之助にしょうけら一味についてなにか心当たりがあるのならば、ぜひとも教えてほしいとのことだった。

鉄之助は怪我が酷くまだ屯所で伏せっているので、先に店巡りをしようとお七は思い立った。鉄之助には脇坂が付き添っている。

毎度盗まれるのは三千両と香炉のみ。怪しいのは香炉である。

しかし、家中の者全員を眠らせる方法がまるで見当がつかない。いかに強力な眠り香を焚いたところで、広い大店の隅々にまで香りを行き渡らせることなんぞは無理だろう。外にいる見張りや番犬まで眠ってしまうなんて尋常ではない。

事件当夜に焚いていたお香は、店の主人が自分で用意した白檀香《びゃくだんこう》だという。お香の出どころに不審な点はなかった。しかし、香炉の出どころを辿ろうとすると、はっきりとしたことがわからなくなってしまうのだ。

盗まれた香炉はみな姿が違う。山野屋から盗まれたのは年代物の青磁の椀型《わんがた》の香炉である。泉屋からは色鮮やかな彩色が施された九谷焼《くたにやき》が盗まれた。越後屋は細かい装飾が見事な銅製だ。見た目は違えど、どれも春眠暁という銘は同じ。あと小鳥の飾りがどこかについていることも共通していた。

『よく眠れるとの噂に惹かれて買い求めた』

店主らは口を揃えて、こう証言している。

しかし、このよく眠れる香炉の噂の出どころを探ろうとしても、有力な情報は得られなかった。香炉を取引した骨董商の所在も掴めない。

まるで雲を掴むような話である。火盗改もお手上げだった。

そんな時にもたらされたのが鉄之助の拘束話であった、捕まった男が盗賊しょうけらについてなにか知っているかもしれない。

そんな情報を火盗改に伝えたのは公儀隠密であった。隠密が動いているのは、しょうけらに触発されて他の悪党どもが動くのを警戒しているためであろう。江戸の治安悪化は幕府の威光を下げることになる。赤穂浪士の一件以降、民衆の間で燻《くす》ぶっていた御上への不信が、ようやく鎮まりかけてきたのに、再燃しては困るのだ。

お七たちを巻き込むことを助言したのもまたその隠密だという。多分妖刀の辻斬り騒動で関わった男であろうが、迷惑な話である。

すべての店を回ったのでお七たちは屯所に戻った。

これに前後して鉄之助も目を覚ます。お七から現状の説明を受け、ついに観念した鉄之助は重い口を開いた。

◇

鉄之助は元忍びである。故郷の隠れ里はもうない。主家の裏切りにより壊滅したのだ。里の同胞らはあらかた死に、わずかな生き残りも散りぢりとなった。

一人となった鉄之助は江戸へと流れついた。そして柳鼓長屋に転がり込み、万屋稼業を営むことで、安定した平穏な暮らしを手に入れた。

しかし、そんな鉄之助の前に過去の亡霊が現れたのは、盗賊しょうけらが騒ぎになる少し前のこと。

仕事帰りに両国橋《りょうごくばし》を渡っていた鉄之助は、人混みの中に懐かしい顔を見つけた。

隠れ里で姉貴分であった緋衣である。ずっと行方が知れなかった同胞との突然の再会に、鉄之助がいかに驚いたことか。緋衣は踵を返し、からんころんと黒下駄を鳴らし遠ざかっていく。

「待ってくれ」

追いかける鉄之助。そのうちに橋向こうにある回向院《えこういん》の境内へと足を踏み入れていた。

万人塚《まんにんづか》の前で緋衣はようやく足を止める。

万人塚は明暦《めいれき》の大火《たいか》にて亡くなった大勢の無縁仏を供養するために築かれた塚である。よりにもよってこんな場所を選ばずとも、と鉄之助は眉をひそめる。

再会を懐かしんでいたが、鉄之助は周囲の暗がりに潜む複数の気配に気づき、すぐに身構えた。一転して忍びの顔となる。

その変貌ぶりに緋衣は目を細める。

「どうやらあまり腕は落ちていないようね。安心したよ、鉄之助」

「久しぶりに会ったのにずいぶんな挨拶だな、緋衣姉さん」

「ふふふ、試すような真似をして悪かったわ」

「試す？」

「ええ、あんたを誘いに来たのよ。実は――」

再会した緋衣より語られたのは、彼女が凶賊おろち一党に属し、八つある組の五番組を預かっていることだった。

しかもそのおろちの首領が里で兄貴分であった士郎《しろう》であるというのだ。おろちの主力の大半は、理不尽な目にあった忍びたちであった。

「そんな……忍びの技を盗みに使うだなんて」

鉄之助は非難する。

「侍どもが我らを認めぬと言うのならば、忍びもまた侍どもの天下を認めない。これはたんなる盗賊遊びじゃないの。戦なのよ」

緋衣は妖しい笑みを浮かべながら言った。

かつて憧憬《しょうけい》し、兄と慕った男が凶賊を率いて国崩しを画策している。

信じがたい事実に鉄之助は激しく動揺する。

この時はまだ動き出していなかったものの、いまや凶賊おろちは西は上方のみならず四国や九州、東は江戸をも越えて奥州辺りまでを手広く荒らしまわっている。

未遂に終わった近江屋の身代乗っ取り騒動を主導していたのも、おろちの三番組を預かる寛慈である。犯行の随所に忍びらしい動きが垣間見えていたので、不審に思っていたが、よもやそれが自分の知己《ちき》の仕業とは……

侍の世に喧嘩を吹っかけるとは剛毅な話だ。想像するだけで忍びの血が騒ぐ。

柳鼓長屋に根を下ろす前の鉄之助であれば、嬉々として緋衣の誘いに応じていたかもしれない。

しかし、鉄之助は知ってしまった。武士が威張り散らし、忍びたちが暗躍《あんやく》している一方で、民は陽の下で日々を懸命に生きているということを。もしも

戦となればきっと大勢の者たちが巻き込まれる。もしも江戸が大火にでも見舞われれ江戸が大火にでも見舞われれば、たちまち何千、何万もの人々が焼け出される。

鉄之助は心底ぞっとした。あの士郎が率いている集団であればあるいはそんなこともしてしまうかもしれない。

「しばらく江戸にいるから。どうするかじっくり考えておいて」

鉄之助の耳にふっと息がかかり、耳元で緋衣が囁く。

驚いて振り返った鉄之助だが、そこには誰もいない。いつのまにか周囲に潜んでいた複数の気配も消えており、ぽつんと独り立っていた。

そして緋衣との再会から六日後。

のちにしょうけらと呼ばれる盗賊の最初の江戸働きが行われた。狙われたのは米問屋の越後屋だ。

鮮やかな手並みで、それを知った鉄之助はすぐに緋衣の仕業だと疑い、同様の事件が起きる度に現場へと足を運ぶようになったのだ。

かつての仲間を売るような告白をした鉄之助はうなだれている。痛ましい姿にお七も泣きそうになる。脇坂は口をへの字にして黙り込んだままだ。

◇

幕府転覆を目論む集団の存在が明らかとなり、火付盗賊改は騒然となった。

「すまぬが、わしは上に報告して今後のことを相談してくる」

与力頭が席を立ち、部下らもこれに続く。

身内のみとなったところで脇坂がようやく口を開いた。

「鉄之助、おまえの事情はよくわかった。まったく、この馬鹿野郎がっ！　どうしてもっと早くに相談しねえ。そんなに俺たちは頼りにならないか？」

脇坂は憤っていた。水臭い鉄之助にも、様子が少し変だったことに気づいていたのにそのままにしておいた己にも腹が立ったのだ。

「すまねえ」

叱責を受けて鉄之助が頭を下げたところで、脇坂が改めて居ずまいを正し、はっしと青年を見据えて問う。

「で、おまえはどうしたいんだ鉄之助」

「お、おれは……」

神妙な面持ちとなった鉄之助は、一つ深呼吸をしてから答えた。

「おれは緋衣や士郎を止めたい。あいつらの気持ちはよくわかる。でも、だからって戦を起こすのは見当違いだ。真っ当に生きている人たちを巻き込んでまでやることじゃない」

鉄之助の双眸には、光が宿っている。

その決意を前にして脇坂はにぃと笑い、お七は力強く頷く。

そうと決まれば盗賊しょうけらの身柄を押さえることが先決だ。しかし相手は神出鬼没である。

火盗改や町奉行、公儀隠密までもが、血眼になって探しているのに行方が掴めない。

素人が幾ら駆けずり回ったとてどうにもなるまい。

そこでお七たちはこの話をいったん持ち帰ることにした。屯所を辞去する旨を伝えたらすんなり許された。多分今頃上は混乱しているのであろう。

柳鼓長屋に戻るなり、お七たちは主だった面々を集めて事の顛末を語った。意見を出し合い策を練る。そのうちご隠居がこんな案を口にした。

「ふむ。春眠暁を囮にして獲物がかかるのを待つのはどうじゃ？」

からくりはわからぬが、盗賊しょうけらが春眠暁なる香炉を送り、それを使って盗みを働いているのは間違いない。ちなみにこのことは火盗改の判断で、まだ世間には伏せられている。

それを利用して罠を仕掛ける。素知らぬ振りにて香炉を求めて、まんまと盗賊を誘き寄せるというのがご隠居の考えだ。

必要となるのは賊がくいつきそうな身代と、香炉を手に入れるための金子である。どちらも庶民が用意できる代物ではない。

「まぁ、わしに任せておけ」

しかしご隠居は胸をどんと叩き、自信満々に請け負ってくれた。

◇

小間物屋《こまものや》伊勢屋、その名を一躍《いちやく》江戸中に知らしめ大店へと押しあげたのは、かわり簪なる品であった。考案したのは先代店主であったが、きっかけとなったのはその妻の言葉である。

「すみません。うちの人がへまをやらかしちまって」

ある日のこと、出入りの職人の女房が青い顔をして伊勢屋に飛び込んできた。

わけを聞くと、職人がうっかり利き腕を怪我してしまい、納品が間に合わないとのこと。飾りや簪棒などは揃っており、あとは仕上げるだけだった。

江戸三大祭に数えられる深川八幡《ふかがわはちまん》祭りの景気を当て込んでの注文であったのだが、売り物がなければどうしようもない。

「なぁに、商いをしていればこんなこともあるさ。とりあえず揃っている分はこちらで引き取るとして。仕事を頼める職人がいないかうちでも探してみるから、そっちでも心当たりに声をかけておくれ」

話を聞いた店主は、恐縮している職人の女房を責めることなくそう言った。

かくして平箱で二十、簪の材料が店に届けられるも、これを組みあげる職人のほうはついに見つからなかった。

何故ならば祭りでひと儲《もう》けと考えたのは伊勢屋だけではなかったからだ。

店主は今回はすっぱり諦めることにした。逃した儲けは別の機会にまた稼げばいい。

そうしたら部屋一面に並べた木箱を検分している妻が言った。

「あらあら、こうやってたくさんあると、なんだか眺めているだけで楽しくなってくるわね。この縞模様《しまもよう》の蜻蛉玉《とんぼだま》と、あっちの桜の木の簪棒を合わせて……」

色々手に取り、組み合わせを試し遊んでいる。

これを見た瞬間、店主は閃いた。

「そうか！ まだ組んでいないのならば、それを売りにすればいい」

かくして客が組み合わせを選び、自分好みの品を作るかわり簪が誕生する。

この趣向はお洒落で遊び好きな江戸っ子たちの心を鷲掴みにし、たちまち大評判となった。

なにを隠そう、その先代店主こそが柳鼓長屋の怪異狂い、ご隠居こと伊勢屋清右衛門である。ご隠居は盗賊しょうけらを捕まえるのにひと肌脱ぐと言い出し、自分の大店ばかりか、必要な金子までぽんと用立てた。これにはお七や脇坂たちのみならず火付盗賊改の与力頭もえらく驚いたものである。

◇

厳重な警戒をかい潜って盗賊しょうけらは犯行を重ねる。廻船問屋《かいせんどんや》の境屋《さかいや》と呉服屋の駿升屋《しゅんしょうや》が続けてやられた。

なのに一味の足取りは皆目《かいもく》掴めない。

それを横目に獲物がかかるのをじっと待っていたのが、伊勢屋にて罠を張っているお七たちだ。

流石に見通しが甘かったかと諦めかけた頃、ようやく事態が動く。

お七が伊勢屋の縁側でご隠居と茶を飲んでいたら、綾惣《あやふさ》がどたどた廊下を歩いてきた。

綾惣はご隠居の息子で伊勢屋の現主人、千代の父親である。

「お父っつぁん、お七さん。来ましたよ！　相手がついに餌にくいつきました！」

綾惣が興奮気味に言う。

春眠暁という香炉は、眠りに悩みを抱えている大店の主人に向けて売られているらしいので、綾惣がひと芝居打った。

方々で「あぁ、近頃よく眠れない」と愚痴《ぐち》り、ご隠居の怪異狂いも触れて回り、いわくつきの品を熱心に探し求めているという噂を流す。

それがどんぴしゃに当たった。

「いよいよ、わしの出番じゃな」

ご隠居が腕まくりをする。

「お父っつぁん、張り切るのはけっこうですけど、大根芝居でぼろを出さないでくださいよ」

そんなご隠居に綾惣が茶々を入れる。

「さてとこうしちゃいられない。二人を呼び戻さないと」

お七は腰を上げた。

脇坂と鉄之助はいま向島《むこうじま》の鐘ヶ淵《かねがふち》にいる。

朱鞘の同田貫を腰に差した脇坂が伊勢屋の周辺をうろちょろしていたら目立ってしょうがない。鉄之助にしても賊の女狐《めぎつね》に面が割れている。

よって彼らの出番は、獲物が罠にかかってからということになった。

そうしたら、鉄之助が修行をしてくると言い出した。

なにせ今回の相手はこれまでの連中とは格が違う。鈍《なま》った腕ではとても太刀打ちできない。

「だったら俺も付き合うぜ。盗賊しょうけらやその背後にいるおろち、主力はみな忍びらしいからな。相当に腕が立つはず。忍びの戦い方を知っておくべきだろう」

するとこの話に脇坂も乗って、二人して出掛けていったというわけだ。

はてさて修行の成果やいかに。

◇

骨董商から春眠暁を受け取るのに、ご隠居は指定された料亭へといそいそ出掛けた。お供に手代を一人連れているが、それは火盗改の与力の変装である。料亭の周辺にも人を配置してあるが包囲は緩めにしている。下手をすると相手に気取られるからだ。今宵の取引はあくまで前哨戦《ぜんしょうせん》である。受け渡しが終わったら骨董商をつける手筈になっている。

目下の懸念はご隠居の大根芝居であったが、そこは怪異狂いの本領発揮。香炉を手に取るなり囮そっちのけで夢中になり、無事に取引を終えられた。ちなみに香炉の代金は三百両を吹っかけられたらしい。けれども実際に払った金子は二百五十両だ。

いざ支払いの段となりご隠居が高いとごねたそうな。

「よござんす。そのかわり今後ともご贔屓に」

予定にない行動にお供の手代役は肝を冷やしたが、骨董商は苦笑いで値切りに応じたんだとか。

取引を終えて先にご隠居たちは料亭を辞去した。見送っていた骨董商も帰路につく。

それを音もなく尾行する。

悟られないよう追手は細心の注意を払った。その数、十人。みな経験を積んでいる手練れ揃いだ。

しかし尾行を続けるうちに、一人、二人と抜けていく。

ある者は骨董商が角を曲がったところでその姿を見失い、ある者は提灯の明かりを頼りに追っていたら、気づいたら別の者を追いかけていた。

他にも酔っ払いどもの喧嘩に巻き込まれたり、夜鷹《よたか》にまとわりつかれているうちに引き離されたり、まんまと煙に巻かれた九人はまだ運がよかった。

ついてなかったのが混じっていた公儀隠密の手の者で、なまじ優秀すぎたのが仇《あだ》となる。

翌朝、回向院近くの竪川《たてかわ》に喉を掻っ切られた姿で浮かんでいるのが発見されたのだ。

手練れの隠密を葬る。それがいかに困難であるか。

尾行を撒く手管《てくだ》もさることながら、とんでもない遣い手が賊の仲間にいるということである。

今回の捕り物に関わる者たちは改めて気を引き締めることとなった。

◇

ご隠居が持ち帰った春眠暁は陶器製で、白地に青筆で凝った絵づけがされてある。

「えーと、これは梅じゃなくて桃林《とうりん》かな」

「うむ、桃源郷《とうげんきょう》じゃろうが、まずまずの絵柄じゃな」

お七の言葉にご隠居が頷く。

桃源郷とは俗世を離れた仙界《せんかい》のことである。年中桃の花が咲き誇り、常世《とこよ》の楽園なんだとか。

香炉を観察し、お七は小鳥の姿を探す。春眠暁は様々な見た目のものがあるようだが、共通しているのが名前と小鳥の装飾だ。しかし幾ら絵の中を探しても見当たらない。香炉の蓋を外して中を覗いてみるもおらず、お七は首を傾げる。

「どれ、香炉の裏を見てごらん」

それをにやにや眺めていたご隠居が香炉をひっくり返してみれば、底にちょこんと一羽の小鳥がいた。ただし絵ではなく、印のように刻まれており、無患子《むくろじ》の実ほどしかない。

「おっ、これか。でもこれだとなんの鳥だかわからないや」

お七は試しにちょんと突いてみるも反応はなし。怪異の気配も感じられない。

「やっぱりちゃんと香を焚かないと姿を見せないのかしらん」

「ほう、ならばさっそく今夜、わしが――」

「それはだめ。怪異はわたしの領分なんだから。ご隠居さんはひとまずここまでだよ」

「えー、そんな殺生《せっしょう》なぁ」

「まぁ、わたしが試して大丈夫だったら、貸してあげるから今夜のところは我慢して」

「ぐぬぬぬ、きっとじゃぞ！　ちゃんと約束したからな」

「はいはい。わかりましたって」

こうしてその夜はお七が伊勢屋の奥の一室に籠《こも》って、香炉の怪と対峙することになった。

◇

翌朝、お七がいっこうに姿を見せない。

起こしにいった千代が目にしたのは、白檀香が焚かれた室内にてぐっすり寝ているお七の姿であった。すやすやと安らかな寝顔だ。よい香りに包まれいい夢でも見ているのだろうか。けれども、すぐに様子がおかしいことに気がついた。

あまりにも眠りが深すぎる。幾ら声をかけても揺さぶってみても起きないのだ。

柳鼓の塩小町が昏々《こんこん》と眠り続けたままになってしまった。

不測の事態に、伊勢屋で囮作戦を練っていた者たちは大騒ぎである。

一方で、お七の意識は遥か遠くにある別天地を彷徨っていた。

◇

遠くには雄大《ゆうだい》なる高き峰々《みねみね》が見え、森の緑が目に鮮やかだ。

轟々と流れ落ちる滝からはいまにも龍《りゅう》が飛び出してきそうである。渓谷には趣《おもむき》があり、蛇行して流れる川面《かわも》はきらきらと光っている。見上げた空には雲が浮かび、薄ら虹もかかっている。吸い込んだ空気はほのかに甘く、頬を撫でる風が優しい。

香を焚いて横になったと思ったら、ここにいた。

お七はすぐにこの場所が現実ではないと判断するも、難儀《なんぎ》なことになったと悟る。

「おっ母さん、ちょいと出てきて」

自分の影に呼びかけるも応答はなし。影女は姿を見せない。愛用の巾着も見当たらない。いつも寝る時には枕元に置いているのだが、不覚にも身一つで異界に取り込まれてしまったようだ。

「なにがぐっすり眠るだけよ。話が違うじゃない」

ぷんすか怒りつつ、お七は歩き出す。

とにかく周囲の状況を把握せねばならない。そのためにまずは高いところを目指す。これは山で迷った時の心得だ。教えてくれたのは鉄之助である。

近くにあった岩山によじ登ったお七は、しばしそこからの眺めに見惚れつつ、鼻をすんすんと動かす。

風に乗って漂ってきたのは、ほんのり甘い桃のいい香り。匂いがしてくるほうを探ると、遠くに花が咲いている桃林を見つけた。明らかに周囲から浮いており不自然だ。

「さてと、どうにかして盗賊しょうけらが伊勢屋に押し込む前に、ここから抜け出さないとね」

ぐずぐずしてはいられない。お七は桃林を目指してずんずん歩き出した。

緩やかそうに見えた道行きだが、実際に歩いてみたらやたらと起伏が激しい。えっちらおっちら、汗だくになりながらもお七は繁みを抜け、木立《こだ》ちの間を縫《ぬ》い、時に迷いそうになりながら、匂いを頼りに進む。そうしてようやく桃林に辿り着いた。

あまりの光景に圧倒され、お七はしばし立ち尽くす。

「いやはや大したもんだね。でも想像と違って仙女《せんにょ》どころか狸の一匹もいやしない」

ここまで来る途中、蟻《あり》すら見かけていない。自然豊かなのに野鳥の声もせず、聞こえてくるのは枝葉が風にそよぐ音や、小川のせせらぎだけ。

なにやら薄気味悪い。お七は頬をぱしんと張って己を励まし桃林へと足を踏み入れた。

左右どちらを向いても桃の花だ。しかし果実はない。桃が実をつけるのは花が散ってからだ。ここはきれいだけど、お腹の足しにはならないということに思い至り、お七はがっくしと肩を落とす。

「ほーほけきょ」

すると奥のほうから聞こえてきたのは、ここで初めて耳にする生き物の声、鶯《うぐいす》だ。

その姿を求めるお七であったが、しばらく進んだら今度は右から別の声が聞こえてくる。

「ちーちーちー」

これは目の周りに白縁がある目白《めじろ》。

「ぴゅろろろ」

お七が耳を澄ませていたら、お次は左のほうから、これは……鳶《とび》だろうか。あれはいきなり上から襲ってくるから気をつけないといけない。

お七が頭上を警戒すると、斜め後方よりまた別の鳥の声がした。

「すっちょい、すっちょい」

軽快な音頭のこれは四十雀《しじゅうから》だ。

お七が歩く度に方々より色んな鳥の鳴き声が聞こえてくる。

「きぃーきぃー」

「じゅじゅ、じゅじゅじゅ」

「ぎぎぃ」

「ぴゅいぴゅい」

「ぎちちちちち」

「くぅくぅくぅ」

いつしか鳥の鳴き声に翻弄されるように、お七は桃林の中を彷徨っていた。

そうして辿り着いたのは、立派な桃の木の御前であった。

周囲の木よりもずっと大きい。不思議なのが花が咲き誇っているのに実をたくさんつけていること。福々《ふくふく》しい桃の実が甘い香りを漂わせている。

するとその時、枝の一本が「さぁ、お一つどうぞ」と言わんばかりに垂れ下がってきたではないか。

お七のすぐ目の前にある桃の実はとても美味しそうだ。

思わずお七は手を伸ばす。でも実に触れる寸前で慌てて手を引っ込めた。

何者かのじっとりした視線を感じ、はっと見上げてみれば、高い枝よりこちらを見下ろしている一羽の小鳥の姿があった。

淡い褐色《かっしょく》の体に、しゅっとした翼やぴんと伸びた尾羽はやや黒が強い焦茶色《こげちゃいろ》だ。目元は役者のように眉墨を入れた模様をしている。頭から首の後ろにかけて、色鮮やかな夕陽のような色をしており、大きさはせいぜい六寸ほどと可愛らしいが、嘴《くちばし》と足の爪が鋭い。

百舌鳥《もず》――お七は己の勘違いを悟る。

色んな鳥がいる桃林ではなかった。この一羽きりだったのだ。

百舌鳥は鳴き真似名人である。彼らの世界では鳴き真似が得意なほど女にもてる。凄いのになると、本当に百もの声音を使い分けるそうな。

仁左の所蔵している書物の中に、百舌鳥に揶揄われて森を彷徨う狩人の話があったので、お七は知っていた。

そして、こんな異界にいる唯一の百舌鳥が、ただの鳥なんぞであるわけがない。お七はすぐに相手が怪異だと気がつく。

警戒を強めるお七。それに向かって百舌鳥が「ちちち」とさえずり人語を発する。

『えんりょはいらないよ。すきなだけもいでおたべ。とってもおいしいよ。さぁさぁ』

途端に周囲に桃の甘い香りが満ちる。

それと同時に無性に喉の渇きを覚えた。だからお七は手近なところに生っていた桃の実をもぎ、ゆっくりと口元へ運ぶ。

その様子に百舌鳥が嬉しそうに「かかか」と嘴を鳴らす。

手にした桃に口をつけることなく、お七は大きく振りかぶった。

「誰がこんな怪しげな桃なんぞにかぶりつくものか。そんなに言うのなら、まずはあんたが食らいな！」

『うわっ！』

お七は口元から桃を離し、木の上にいる百舌鳥へとぶん投げる。

けれど、惜しくも目標には届かず、手前の枝に阻まれてしまった。

「ちっ、外したか」

お七は舌打ちし、すかさず二投目を投げる。百舌鳥はたまらず翼を広げて隣の枝へと飛び移る。

『たべものをそまつにするなんて、いけないんだぁ。このばちあたりのこんこんちき』

地上にいるお七に百舌鳥が悪態をつく。

そこに三投目が放たれるも、これはとんだ大外れで百舌鳥の遥か上方へと飛んでいく。

『けけけ。へたくそ、やーいやーい』

この失投に百舌鳥が笑い、小馬鹿にしたものだから、お七は顔を真っ赤にして地団駄を踏んだ。

その悔しがる姿に百舌鳥は翼を広げて大喜びするも、次の瞬間……

ごっちん！

落ちてきた桃が百舌鳥の脳天を直撃した。目を回した百舌鳥の身がぐらりと傾いて枝から落ちた。

実はこれこそが三投目の狙いであったのだ。外したように見せかけて、地に落ちてきた桃を当てる。悔しがってみせたのはもちろんわざとである。

「へんっ、どんなもんよ」

してやったりのお七は、落ちてきた百舌鳥を受け止め確保した。

◇

目を覚ました百舌鳥は、まるで憑き物が落ちたかのようにしおらしくなった。

「それで、あなたが春眠暁っていう香炉の怪異の正体なのね」

お七からの詰問に頷く百舌鳥。

この怪異は持ち主によって姿形を変え、白檀香を焚くことで魂を常世に誘い、肉体に深い眠りを与え安らぎをもたらす。誘う常世は使用者の魂の質に大きく左右される。

百舌鳥の話によると、普通は小さな林ぐらい、大きくてもちょっとした森ぐらいにしかならないらしい。

「でも何故だかわたしの場合は、こんなにでっかくなっちゃったと」

『へい。こんなのははじめてでして、はい。それでついうれしくなって』

もしも常世の桃を食べていたら、魂がずっとここに縛られることになっていたと聞いて、お七は思い切り顔をしかめる。

「あんたってばやっぱり危ない怪異かも。いっそのこと香炉もろとも粉々にしたほうが世のためなのかしらん」

真顔でお七が呟くと、たちまち百舌鳥が縮こまってぷるぷる震えた。

「とにかく今後はやたらと力をふるわないこと！」

哀れに感じたお七は、ひとまず注意するのみにした。

『へいへい、きっと』

お七の温情に、百舌鳥は涙ながらに、力をむやみに使わないことを固く誓ったのだった。

◇

――刀が交わる音が聞こえる。

慌ててお七が跳ね起きれば、隣の部屋ではお良が勇ましく覆面姿の男二人と大立ち回りを演じている。そればかりか、伊勢屋全体が騒然としているではないか。

「あれ？　ひょっとしてしょうけらがもう来ちゃったの？　わたしってばどれくらい寝てたのよ」

お七は唖然《あぜん》とする。その肩にとまったのは一羽の百舌鳥、春眠暁である。

春眠暁がお七の疑問に「ちゅんちゅん」と答える。

『だいたいとおかほどですよ、お七のあねさん』

「なんてこったい！」

大寝坊をしたお七は、急いで影女のひのえを呼び出し加勢を頼んだ。

◇

少し刻を遡る。当然ながらお七が寝ている間も事態は動いていた。

これまで盗賊しょうけらは春眠暁を送り込んでから、十日前後で店に押し入っている。なので、それに合わせて着々と準備を整えていく。

日中、伊勢屋を訪れる大勢の客たちに紛れ、変装した火盗改の与力が一人また一人と現地入りする。

なお、脇坂と鉄之助は荷に混じっての入場であった。柳鼓長屋の面々は目覚めぬお七の身を案じるも、お良から「いまは自分がすべきことに集中しな」と発破《はっぱ》をかけられ気合いを入れ直す。

昼は普段通りに店を開いて商売に精を出す。しかし、夜になると家人や奉公人らは押し入れや奥の一角にて休み、入れ違いに姿を現すのは隠れ潜んでいた捕り方たちだ。

家人らの振りをして狸寝入りし、夜通し警戒に当たる。これと平行し外では伊勢屋を囲むように手勢が配備されている。

近所の番所の人数を増やしつつ、借りた空き家にも人手を割り振る。通りだけでなく橋などもしっかり押さえ、出入りに目を光らせる。舟を使っての逃亡も警戒し、川や堀もただちに封鎖できる手筈を整えた。

盗賊しょうけらを召し捕るために敷かれた包囲網は広域かつ緻密《ちみつ》であった。かつてない規模の大捕り物だ。

もちろん火付盗賊改だけでは手が足りないので、町奉行所らも全面協力し、すべては秘密裏に行われた。かくして準備は整った。

そう言いたいところであったが、二つばかり懸念が生じる。

一つは柳鼓の塩小町が目覚めるか不明なことである。

だがそのおかげか、春眠暁も沈黙している。これを逆手に取り、家中が寝静まっている風を装って賊を誘い込むことになった。油断して連中が押し込んできたところを捕らえるという算段だ。

しかし、頭が痛いのがもう一つのほうである。

ここのところ目をぎらつかせた不逞浪人《ふていろうにん》どもが市中を徘徊しているのだ。この原因は盗賊しょうけらの被害にあった大店の主人たちにある。彼らは酔狂な遊びを思いついてしまったのだ。それは賊に賞金をかけるというもの。

『一味の頭目を捕らえたら三千両。ただし生け捕りにかぎる』

立て札が江戸のそこかしこに立った。そのせいでにわか賞金稼ぎとなった者どもが、大勢市中を闊歩《かっぽ》することになった。御上がすぐに立て札を撤去させるも、時すでに遅し。続々と江戸入りをする者たちが現れた。

これに激怒した御上が、捕り物が一段落《いちだんらく》してから、道楽に加担した商人たちの家財を半分没収することになるのだが、それはまた別のお話。

そしてついに決戦の夜が幕を開ける。

雲がずんずん流れてゆく。やや風の強い夜だった。辻にて小さな旋風が起こっては、枯れ葉がひらりと舞う。

寝静まった江戸の町を夜陰に紛れて音もなく疾走する影、影、影――その数は十五人。数珠繋ぎとなって進む盗賊しょうけら一味である。全員が黒い忍び装束を身につけている。率いるのは女頭目の緋衣だ。

前方に木戸番の明かりが見えたところで一味は脇道に入る。

無言のまま一人が台となり、その背を足場にして仲間たちは次々屋根へ上る。そして最後に台役も仲間の手を借り上がる。屋根から屋根へと渡り、誰にも気づかれることなく一味は移動する。

伊勢屋まで残り半町ばかりとなったところで、不意に緋衣が足を止めた。後続もぴたりと止まる。

「どうかなさいましたか？」

覆面の口元を下げ、しきりに鼻をひくつかせる緋衣に手下の一人が尋ねる。

「いや、なんだかいつもよりも香りが弱いと思ってね」

引き込み役として送り込んでいる香炉の怪。あれのおかげで自分たちは易々とお勤めができるわけだが、今日はどうにも香りが弱い気がする。

「風のせいでは？」

手下の者が言う。

たしかに今夜は風が強い。匂いが散ったとておかしくはない。

「そうか」

緋衣も納得した。

屋根伝いに辿り着き、伊勢屋の中庭へ盗賊しょうけら一味が下り立つ。

緋衣が小さく頷けば手下らが雨戸に張りつき、小柄《こづか》にてたちまち戸板を外す。侵入する準備が整ったところで緋衣が指を三五と立てた。これは手話で、三人、五組に分かれて動けという意味の指示だ。家の者たちがちゃんと寝ているかを確認しつつ、手分けして香炉を探し、回収する。そうすれば、あとは金蔵の鍵を拝借して三千両を頂くばかりだ。緋衣は屋内に立ち入らず。手下二人を従えて外で待つ。

侵入した四組のうちの一つが忍び込んだ先は、主人が使っていると思しき、上等な八畳間だった。壁には猿が木から落ちる姿が描かれた掛け軸がかけられており、壺には百日紅《さるすべり》が生けられている。違棚《ちがえだな》には螺鈿細工《らでんざいく》が見事な文箱《ふばこ》が置いてある。室内には他に小棚や文机《ふづくえ》もあった。

手分けして室内を物色する賊たちは、違棚に小さな隠し引き出しを見つけた。三人は顔を見合わせほくそ笑む。

しかし、すぐさま鋭い目つきとなり、一斉に散開した。

一人は逃げ遅れ、同田貫に打ち据えられてしまう。

倒された仲間には一瞥もくれず、残った二人は回避しながら即座に反撃する。一人が右から小太刀《こだち》を突き入れ、一人は左に跳びつつ棒手裏剣《ぼうしゅりけん》を放つ。同時攻撃だ。

脇坂はとっさに畳へ刀を突き立て、これを起こし身を守る。それればかりか、その畳を盾《たて》として賊の一人を部屋の隅へといっきに押し込む。相手は逃れようと背後の壁を蹴って跳躍《ちょうやく》した。そして、逃げがてら小太刀で脇坂の首筋を狙う。

しかし、それよりも地から天へと振り抜かれた豪快な白刃のほうが速かった。

同田貫が畳ごと賊の一人を斬る。

続けて残りも斬り捨てようとした脇坂であったが、すでに三人目の姿はどこにもない。逃げられた。脇坂は警笛《けいてき》を取り出し、思い切り吹く。

これを合図に動き出したのは、ずっと潜んでいた火盗改の与力たちだ。

身には鎖帷子《くさりかたびら》をまとい、腕には籠手、足には脛当《すねあ》てと、滑り止めの細工を施した草履《ぞうり》、頭には額当《ひたいあ》てをつけ、刀や短槍を持ち、万全の態勢にていざ出陣だ。

たちまち建物内は騒然となった。

そこかしこで刀の音が鳴り、怒号が飛び交う。

盗賊しょうけら一味はこの待ち伏せに驚いた。しくじりを悟った緋衣はすぐに撤退を指示する。しかし合流できたのは手勢の半数ばかり。残りは捕まったか、討ち取られたか。とにかくいまはこの窮地を脱するのが先決だ。

一味の者らは伊勢屋の屋根へと上り、逃亡を図る。だが眼下の光景に愕然《がくぜん》とする。

寝静まっていたはずの江戸の町に煌々と明かりが灯っていたのだ。

表通りのみならず裏道の暗がりにまで多数の御用提灯が浮かんでいる。龕灯より発せられる強光が周辺の闇を照らしている。

幾重にも取り囲まれていることを知り、緋衣は覆面の下で臍《ほぞ》をかむ。

「やってくれたね。誰の入れ知恵だか知らないけど、ずいぶんと思い切った真似をする。固まっていたら一網打尽にされちまう。おまえたち、散って落ちのびな」

女頭目の言葉に手下どもは思い思いのほうへと駆け出した。

それを見送ってから緋衣も退こうとするが、そこへ捕り方の者が梯子《はしご》で屋根に上ってきた。

「御用御用！」

十手片手に勇ましく迫る。しかし緋衣の身に触れることもかなわず、あっさりと足蹴にされて屋根から転がり落ちた。それにみなの注意が向いたほんの一瞬のうちに、緋衣の姿は伊勢屋の屋根より失せていた。

◇

厳重な包囲網により、一人また一人としょうけら一味は捕らえられる。じきに全員が捕縛《ほばく》されるであろうという矢先にことが起きた。

欲に目が眩んだ賞金稼ぎどもが多数乱入したのだ。

何者かが伊勢屋に賞金首がいると触れ回り、扇動したせいだ。

これにより包囲が破れてしまう。

不逞浪人らがあちこちで捕り方と衝突し、騒ぎを起こす。現場が混乱する。

それを横目に緋衣は追手を振り切ろうとする。回向院界隈より両国橋を渡って、神田《かんだ》川《がわ》方面から雲隠れしようという算段だ。

しかし、走っていた緋衣の足が止まった。万人塚の陰から一人の男が姿を現す。

緋衣が男の名を口にする。

「鉄之助」

鉄之助の目を見て、緋衣は彼がどういうつもりで自分の前に立ったのかを悟った。

覆面の下の口元が欠けた月のごとく歪む。

「いいだろう。久しぶりに稽古をつけてあげる」

そう言うなり緋衣が放ったのは、棒手裏剣だ。狙うは右目。

鉄之助は小太刀にて、それをはじく。

「いきなりかよ、相変わらずえげつねえな」

たやすくかわしたように見えるが、それは鉄之助の実力というよりも相手の腕に助けられたところが大きい。狙いが精確ゆえに、どこに飛んでくるのかが予測しやすい。それはすなわち、緋衣の技量が卓越《たくえつ》しているということ。

たったこれだけのやりとりで両者の力量の差が明確となる。脇坂との修行で鉄之助は現役の頃に近い勘と動きを取り戻した。

でもだからこそ、その埋めがたい差がわかってしまう。しかし、それはあくまで忍びとして二人を比べた場合である。里が失われてから緋衣が忍びとして生きてきた時間を、鉄之助は彼の時間として生きてきた。その中で培《つちか》われたすべてを武器に鉄之助は難敵へと立ち向かう。

距離を取れば棒手裏剣が飛び、近寄ればひゅんと流星錘《りゅうせいすい》が風を斬り裂く。

夜陰に紛れる黒緑色の組紐の先端に、眼球ほどの大きさの棘《とげ》のある鉄球が結ばれている。本来はもっと大きく重たい玉が結ばれた打撃武器なのだが、独自に改良し小型軽量化して、暗器《あんき》として使うのが緋衣流である。小さくても強力で、頭部に喰らえば即死しかねない。そんな物騒な得物が闇の中を縦横無尽に暴れ回る。

鉄之助は猛攻を辛うじてかわし続ける。どうにか対処できているのは、修行時代に緋衣からしごかれたおかげだ。

猛攻をしのぎつつ、鉄之助は癇癪玉《かんしゃくだま》を足下に撒いた。

「こんな子ども騙し、いったいなんのつもりだい？」

緋衣が鉄之助の行動をいぶかしむも、その狙いはじきに判明する。

たしかに子ども騙し、けれどもこいつが夜の回向院の境内にはよく響く。

ぱん！　ぱん！　ぱん！

鋭い炸裂音に意識がつい引っぱられる。なまじ優れた五感を持つ忍びであれば、過敏に反応してしまうだろう。

緋衣の守りにわずかな綻びが生じた。

すかさず鉄之助は懐へ飛び込み、起死回生の一撃を狙う。

そうはさせまいと緋衣は流星錘を手放し、寸鉄《すんてつ》を握る。寸鉄は五寸釘に指を通す輪をつけた暗器で、握り込んで急所を刺す。

至近距離にて体術の応酬が繰り広げられる。

男女の体格差をものともしない緋衣に、鉄之助は徐々に押されていく。それでも遮二《しゃに》無二《むに》に喰らいつく。そのがむしゃらな熱は、常に冷静沈着でいなければならない、心を凍らせた忍びにはないものであった。

そんな熱に触れたせいか、あるいは昔を思い出してか、戦いの最中にもかかわらず緋衣は笑っていた。

しかし、そんな二人の時間も長くは続かない。

回向院の周辺から警笛が幾つも鳴り、大勢の気配が近づいてくる。捕り方連中が癇癪玉の音に気づいて集まってきているのだ。

まんまとしてやられたらしいと緋衣は悟る。今宵はしくじり続きでどうにもいけない。

その刹那、鉄之助の振り抜いた小太刀の切っ先が緋衣を捉えた。

ぱっと血飛沫が飛ぶ。斬り裂かれたのは緋衣の左頬から目元にかけてだ。

これには当てた鉄之助も当てられた緋衣も驚いた。これまで鉄之助が緋衣に一撃を入れたことなんて、ついぞなかったからである。

やったという喜びよりも、やってしまったと身構える鉄之助。彼からすれば虎の尾を踏んだような心持ちだったのだ。

しかし、斬られた当人は怒るでもなく、むしろ傷つき血に濡れた己の顔を愛おしそうに撫でながらもちょっと嬉しそうである。

「ああ、ついに一発入れられちゃったかぁ。それにしても女の顔に傷をつけるだなんて悪い男だよ。これはしっかり責任を取ってもらわないとねえ」

血濡れた覆面を脱ぎ、緋衣は素顔となった。顔の左半分を朱に染めて笑うその姿は、まるで夜叉《やしゃ》のごとき迫力だ。

鉄之助は思わず後ずさる。

しかしそこで回向院の門前が騒がしくなる。捕り方がやってきたのだ。

「残念、せっかくいいところだったのに。またね鉄之助」

あっさり踵を返した緋衣が脱兎《だっと》のごとく駆け出し、両国橋のほうへと向かう。それを鉄之助も追う。風となり疾走する緋衣。

懸命に足を動かす鉄之助であったがじりじり引き離されてしまう。

すると、両国橋を半ばまで渡ったところで緋衣が止まった。橋の向こう側がすでに多数の御用提灯によって塞がれていたからである。振り返ると、いましがた通り抜けてきたほうも封鎖が完了していた。

橋の中に閉じ込められたと知り、緋衣は追いついた鉄之助をじろりと睨む。

「次から次へと……こんな作戦よく考えたもんだよ」

「まぁな。こちとら伊達に万屋稼業でおまんまを食べているわけじゃないんだ。毎度毎度、知恵を絞ってやりくりしなくちゃいけねえからな」

「そういやあんたは昔っから器用だったっけか」

ひょいと緋衣は橋の欄干《らんかん》に飛び乗る。次に彼女がなにをするつもりかなんてわかりきっていた。

「止めておけ」

鉄之助はそう言って止めた。

「諦めろ。追いかけっこはしまいだ。川に飛び込んだところで逃げられねえぞ。役人どもの舟がたくさんいるからな」

川面には横並びに幾つもの火が揺らめいていた。すべて舟の舳先《へさき》に灯された明かりである。それが上流と下流にずらりと並んでいる。

それを見た緋衣は橋の両袂からじりじり迫る捕り方連中を一瞥してから、ついに観念し、両腕を上げて降参の意を示す。

「う～ん、流石に参った。やるじゃないか鉄之助、お姉ちゃん吃驚だよ」

負けを認め緋衣が欄干から下りようとしたので、鉄之助もほっとした次の瞬間。

鉄砲の音が耳をつんざく。

背後から右肩を撃ち抜かれ、緋衣の身がぐらりとゆっくり傾いていく。

それは、賞金稼ぎの仕業であった。

鉄之助は駆け寄りながら懸命に手を伸ばす。だが間に合わない。

緋衣は欄干の向こうへと消えた。

夜の隅田川に手負いの三千両首が落ちた。その身柄を確保すべく、捕り方や賞金稼ぎが我先にと競《きそ》って川の中へと殺到する。待機していた舟たちも急ぎ向かう。

一方で欄干より身を乗り出し、落ちた緋衣の姿を捜す鉄之助。

「なんだ？　いつもより流れがおとなしいような」

江戸の暮らしを支える隅田川は水量も豊富で舟の往来も盛んである。しかし、今夜は少々元気がない。

そこで鉄之助が思い出したのは、神田川周辺で行われている普請《ふしん》のことである。水を堰《せ》き止め、底を攫って石を組んで行う、本格的な護岸整備だ。大掛かりなもので少し難航しているらしい。追加で人足募集の声がかかっていた。

そのせいで流れてくる水が減っているのかと鉄之助は納得した。

その時、夜の闇の中からどんっという爆発音が聞こえてきた。

「まさか火薬を使ったのかっ!?　でもどうしてこんな時に」

疑問の答えはすぐに明らかとなる。

急激に水嵩《みずかさ》が増し、隅田川が暴れ始めた。

水は本当に恐ろしい。ほんの足首程度でも勢いが強ければ、屈強な男ですらまともに動けなくなる。そいつが膝下どころか腰の近くにまでいっきに迫っては、いかんともしがたい。

両国橋の下に集まっていた連中は慌てふためき逃げ惑う。川の中にいた捕り方の舟団も波に翻弄され転覆《てんぷく》の危機に晒されている。

神田川方面から大量に溢れた水が隅田川へといっきに注ぎ込み、下流域にあった両国橋周辺は大混乱に陥った。ずぶ濡れとなり流される者や溺れる者が多数出ている。

その日はいったん退却し、後日懸命に捜索したが、ついに盗賊しょうけらの頭目緋衣の消息は掴めず。

生死不明のまま七日後に捜索は打ち切られた。

其の六　決戦、浅草寺大法会《せんそうじだいほうえ》

やたらと蒸し暑い夜だった。

「ふう、まだ夏の初めだってのに嫌になっちまうよ」

高軒《たかいびき》の亭主をひと睨みしてから、大工の女房は団扇《うちわ》を片手に縁側へと出た。夜風に当たろうとしたのだ。しかし、空を見ると、青っ白い生首が飛んでいた。

それも五つが激しくぶつかり合いながらである。まさに凧《たこ》合戦ならぬ首合戦だ。

「ひっ」

女房は団扇を取り落とす。すると生首の一つがぎろりと睨む。

目が合った瞬間、女房は恐しさのあまり卒倒した。

◇

柳鼓長屋にて、お七と千代はせっせと掃き掃除に精を出す。

銭はなかなか貯まらぬのに、少し油断すると塵芥《ちりあくた》が溜まる。

軒先からひらりはらりと木の葉や埃が降ってくるのを、二人は片っ端からやっつける。

「春太《しゅんた》、もういいよ」

お七が屋根に向かって言う。

すると「ちちち」と鳴き声がして、一羽の百舌鳥が屋根からお七の肩へと舞い下りた。

その正体は人々を常世へと誘い、深い眠りを与える春眠暁だ。かつては香炉の姿で盗賊しょうけら一味に悪用されていたが、お七にとっちめられてからは、小鳥の姿となって侍《はべ》っている。

あとで知ったのだが、春眠暁の香炉は三百両もの値がつく珍品であった。流石に猫糞《ねこばば》するのはまずかろうと、お七は火付盗賊改の与力頭や、現在の持ち主であるご隠居にお伺いを立てた。

「柳鼓の塩小町の手元にあれば悪さをすることもあるまい」

「当人が望んでいるのならばしょうがない」

二人にそう言われ、春眠暁は晴れてお七の囲われ者となったのだ。

名前が大仰で呼びにくいので、いまは春太と呼んでいる。

さて掃除も済んだのでお茶でも飲もうか、というところでご隠居が駆け込んできた。

「えらいこっちゃ」

ご隠居が息せき切ってやってくる時はたいていろくなことがない。

「こ、これを見てくれ。夜な夜な首が飛び回っているそうな」

差し出したのは一枚の瓦版である。おどろおどろしい生首が飛ぶ絵とともに『大陸の妖、飛頭蛮《ひとうばん》現る！』と書かれてある。

昼は普通の人間と変わらず、夜になると首だけ離れて飛び回っては、人や家畜を襲って肉を食らい生き血を啜る、とある。

「ろくろ首みたいなもの？」

「う～ん、どうかなぁ」

一緒に瓦版を眺めていた千代が見上げてくるも、お七は首を傾げる。

ご隠居によればこの飛び首、けっこうな騒ぎになりつつあるとのことだ。

◇

これは飛び首を目撃したさるお武家の証言である。

同僚宅にて一局差したところ、すっかり遅くなってしまった。借りた提灯の明かりを頼りに夜道を急ぐ。するとどこからともなく、がつんがつんとなにかが激しくぶつかる音が聞こえてきたのだ。その出どころを探れば、暗闇に浮かぶ生首たちの姿があった。

侍の目には、生首たちがなにかと戦っているように見えた。

「面妖な。うん？　あの首……もしや清水殿《しみずどの》ではないか！」

なんとそれは、吉良《きら》家御用人であった清水一学義久《しみずいちがくよしひさ》であった。

中小姓《ちゅうごしょう》にして剣の腕は相当であったが、赤穂浪士討ち入りの際に亡くなった。その骸は斬り傷だらけで見るも無残だったそうな。いかに彼が雄々しく戦ったのかを物語っており、これには赤穂贔屓の者たちも「大した男だ」と褒めそやすほどだった。

そんな男が飛び首となって何者かと争っている。相手はいったい誰か？

すぐに想像したのは吉良家と敵対した赤穂浪士たちである。よもや双方ともに恨みの念が強く、死してなお戦い続けているのかもしれない。

そう思った侍がたしかめようとするも、飛び首らは空高くへと舞い上がってしまい、それきりとなった。

また、火消しの男はこう語っている。

『あれは堀部安兵衛《ほりべやすべえ》の首だった。おれは高田馬場《たかだのばば》での決闘を見物していたから、まず間違いねえ』

小火《ぼや》騒ぎを消しての帰り道、仲間と連れだって隅田川沿いを歩いていると、川のほうから木槌《きづち》で杭《くい》を叩くかのような重たい音がする。目を凝らして見てみれば、三つの首と、それを相手取って暴れている首が一つあった。孤軍奮闘《こぐんふんとう》していたのが、十八人斬りにて勇名を馳せ、赤穂浪士随一の剣客であった堀部の首である。

さらに、『吉良家の小林平八郎央通《こばやしへいはちろうひさみち》の首を見た』という証言もある。彼もまた清水一学義久と同じく、討ち入りの際によく戦って果てたとされる人物だ。

すると出るわ出るわ、生首についての噂を集めるほどに、赤穂浪士の討ち入り絡みで死んだ者の名がぞろぞろと挙がってきたのだ。ついには嘘か誠か、浅野内匠頭や吉良上野介《こうずけのすけ》まで……

◇

なんと、昨年末大いに世間を賑わせた事件はまだ終わってはいなかったのだ。

両家の因縁は死してなおも続いているのであろうか。

これに江戸雀たちがくいつかぬわけがなく、瓦版屋は勝手な憶測を並べ立て面白おかしく書き立てる。そのせいで夜の巷は飛び首合戦目当ての見物人で賑わっている。

「みんな暇なのかな」

「なのかな？」

お七と千代が呆れ顔をしていると、ご隠居がさらに続きを話してくれた。

海寄りの高輪《たかなわ》の地にある泉岳寺《せんがくじ》には、浅野内匠頭と赤穂浪士たちが葬られているのだが、そこを白昼に黒い旋風が襲ったというのだ。

境内の木や石灯籠《いしどうろう》が薙ぎ倒され、本堂の屋根瓦も吹き飛び、山門はぐしゃりと倒壊し、惨憺《さんたん》たるありさまだったとか。

刻を同じくして黒い旋風にやられたのが他にも二か所ある。

一つは本所松坂町《まつさかちょう》の吉良邸宅。討ち入りの舞台となった場所である。邸宅は閉門されて柵で囲われているが、現場をひと目見ようと見物客が絶えることがない。そこを黒い旋風が襲った。猛威は凄まじく、被害は一帯に及んだ。

これを目撃した者は『吉良殿の祟りか！』と大いに肝を冷やしたという。

もう一つは江戸城の西端、半蔵門《はんぞうもん》近くにある萬昌院《ばんしょういん》だ。被害は泉岳寺と似たり寄ったりで、ここは吉良家の菩提寺《ぼだいじ》となっている。

赤穂と吉良、双方と縁《ゆかり》のある地が揃って黒い旋風にやられた。

『風の渦《うず》の中でいがみ合っているたくさんの生首を見た』

そんな証言もあるんだとか。

黒い旋風が悪さをしていると聞いて、お七の眉がぴくりと動く。

赤穂浪士の討ち入り以降、お七も江戸市中でたまに見かけるようになり、気にはなっていた。しかし他の人には視えていないようだし、色々忙しく、障りもなかったから放っておいたのだが……

首元の汗を拭ったお七が見上げる先には気の早い入道雲がある。

そろそろ江戸に本格的な夏が来る。

◇

とかく季節の変わり目は体調を崩しがちだ。

「てやんでえ、これぐらいどうってこたねえや」

周囲が心配するほどのやつれ具合なのに、口だけ達者であったのは、上野の杜界隈で茶屋や土産物屋などを手広く商っている老人で、彼は鉄之助の贔屓筋である。

老人が暑気《しょき》あたりで倒れたので、鉄之助が見舞いにいくと、頬がこけ、肌の色も悪く目の下の隈が酷い。

「いったいどうしたってんですかい、この様は？」

身内の前では強がる老人も、他人の親切は身に沁みるのか、つい本音をぽろりと零す。

「いやな、このいかれた陽気だろう？　日が落ちてもちっとも涼しくならん。そのせいかほとんど寝れんでなぁ。ようやく寝つけたと思えばもう朝だ。日が昇ると、働き詰めの長年の習慣のせいですっかり目が冴えちまう。ここんところずっとこの繰り返しで、どうにもこうにも……」

医者に薬を煎《せん》じてもらったが、まるで効果はない。寝れないがゆえに具合は悪くなる一方だ。

この悩みを聞いて鉄之助の頭に浮かんだのは、お七のところの新しい居候《いそうろう》だ。さっそく長屋に戻り、力を借りられないかとお七に頼んでみた。

「そういうことならいいよ」

『お七のあねさんとじゃなきゃ嫌だ』

お七は快諾したが、当の春太がごねたもので、お七も先方に出向くことになった。

春太は細い棒状の白檀香を煙管のように咥《くわ》えて、すぱすぱさせる。

いちいち香炉の姿に戻るのは面倒だと、横着するその姿がおかしくて、お七と鉄之助は笑いを堪えるのが大変だった。

一方で老人はというと、たちまち深い眠りへと落ちた。ぐぅぐぅと寝入ってしまう。

そして、お七たちが五日も通う頃にはすっかり元気を取り戻した。

「せっかくだから寛永寺《かんえいじ》辺りをぶらついていこうか」

お役御免となった帰り道に鉄之助が誘う。

将軍家の菩提寺でもある上野寛永寺は桜の名所として有名である。広大な敷地内には不忍池の弁財天《べんざいてん》や見所のある伽藍《がらん》が並ぶ。周囲の寺町なども栄えており、浅草界隈とはまた違った賑わいと趣きがある。

お七も上野まで足を運んだのに、素通りはつまらないとずっと思っていた。肩にとまる春太も「ちちち」と寄り道を喜ぶ。

◇

寛永寺の境内をぐるっと見て回り疲れたお七たちは、茶屋でひと休みしていた。

「おっといけねえ忘れてた。お良さんに買い出しを頼まれていたんだ。ちょいとそこの煙草《たばこ》屋を覗いてくるから、お七ちゃんは団子でもかじってな」

鉄之助はさっさと行ってしまう。春太も興味があるようで、一緒にくっついていった。

せっかちな鉄之助に「もう」とふくれっ面のお七であったが、すぐに機嫌を直す。

「よかった。あの調子ならもう大丈夫そうだね」

鉄之助の姉貴分であった緋衣は、夜の隅田川に消えてそれっきりだ。

なので、お七は鉄之助を案じていたのだが、どうやら吹っ切れたようである。

向かいの煙草屋へと入っていく鉄之助の姿を目で追っていたお七は、市女笠《いちめがさ》の娘を見かけた。

笠に薄い直垂《ひたたれ》がついた雅《みやび》な被り物をしている。白木《しらき》の杖を持ち旅姿にて、江戸ではとんと見かけぬ古式ゆかしい装いだ。

物珍しく、お七はついじろじろ見てしまった。するとその娘が「あっ」とつんのめり、杖を取り落とす。すぐに拾おうとしゃがむも、その手は見当違いの地面をさするばかり。

娘の目が不自由なことに気づいたお七はすぐさま駆け寄り、「もし」と声をかけた。

「これはどうもご親切に」

お七が杖を拾ってあげると、市女笠の娘がわざわざ薄布をめくり礼を述べる。その声は澄んだ鈴の音のようだった。

真珠のような白い肌、やや幼さを残すが整った上品な顔立ちをしている。瞼を閉じており、目元がすぅとひと筆で流したようになっている。睫毛《まつげ》が長い。

なんとも涼やかで、妙な色気がある。さらに、えも言われぬ甘くかぐわしい香りが漂ってくる。

背丈や歳の頃は自分とさほど変わらぬのに、まるで月とすっぽんだ。

お七はぼうっと見惚れてしまう。でも周囲のざわめきですぐに我に返る。

「気にしないで。それよりも、ほら、早く布を下ろして顔を隠して」

これはお七の照れ隠し半分、娘の身を案じたのが半分だ。

上野寛永寺界隈は色んな人間が入り乱れている。ごく一部ではあるが不心得者も混じっている。そんな連中からすれば盲目《もうもく》の別嬪《べっぴん》さんなんぞはいい鴨《かも》だ。

「それがしの連れがどうかいたしましたか」

心配したお七がお供の有無を尋ねようとしたところで、後ろから声をかけられる。

それは虚無僧《こむそう》であった。右肩が下がり、体が傾いでいる。全身よりにじむ疲労の色が濃い。声音や容姿からしてそろそろ老境も半ばといったところか。

この虚無僧の老人が市女笠の娘の同伴者で、彼からも丁寧に礼を言われてお七は恐縮しきりだった。

しばしとりとめのない立ち話をしてから二人は去っていく。遠ざかる虚無僧は右脚を少し引きずっていた。

◇

虚無僧の老人と市女笠の娘は連れ立って歩く。

二人は人混みを避けてひっそりとした場所へと向かう。

「どうであった？」

途中、虚無僧の老人が尋ねると、市女笠の娘は肩をすくめた。

「とんだ化け物だね。あんなのがどうして市井《しせい》でのうのうと暮らしていられるのやら」

その声は先ほどとは似ても似つかぬ老婆のしゃがれ声だった。

「おまえにそこまで言わせるか……ならばやはり欲しいな。きっと我らの役に立つであろう」

「ふん、ならよほど気合いを入れて臨《のぞ》みなよ。幾らあんたでもあれは危うい。あの娘自身の力も相当だが、影に飼っている怪異が厄介だ。さっき少しでもこちらが悪心を抱いていたら、たちまちやられていただろうね。ところであんた、弟分に挨拶しなくてよかったのかい？」

「かまわん。鉄之助は日の下を歩くことを選んだ。もっとも緋衣は仲間にしたいみたいだがな」

そのうち二人が辿り着いたのは松林の奥である。境内の喧騒《けんそう》が遠い。ここならば騒いだところで誰にも気取られないであろう。

すると、待ってましたとばかりに、無宿者《むしゅくもの》や不逞浪人どもが十人ばかりぞろぞろと姿を見せた。お七が危惧したことが起こってしまったのである。

「じじいに用はない、殺せ。ただし娘のほうには傷をつけるなよ、上玉《じょうだま》だ。さぞやいい値がつくだろうからな」

舌舐めずりをして悪党どもが得物を抜いた。しかし、虚無僧の老人と市女笠の娘は平然としている。それどころか「くくく」と笑い出したではないか。

「馬鹿だねえ。本当に馬鹿ばっかりだ。あぁ、おかしい」

市女笠の娘が腹を抱える。

「まったくだ。まんまと誘われたことに気づかぬとはな」

虚無僧の身に変化が生じる。

ごきりと骨が鳴り、傾いていた体の歪みが取れる。やや曲がっていた背や腰もしゃんとなり、引きずっていたはずの右脚からも異状が消えた。全身に漂っていた徒労感は失せ、声音は壮年の男らしいものとなった。ふた回りほど体が大きくなり、立ち姿は屈強な武人そのものである。

これには悪党たちもぎょっとする。自分たちがとんでもない相手に手を出してしまったことを後悔するまもなく、みな首を落とされ、不帰《ふき》の客となった。

◇

お七が虚無僧の老人と市女笠の娘に遭遇した翌朝のことであった。

黒い旋風が上野の杜界隈に起こり、寛永寺に多大な被害を及ぼした。特に屋根瓦の破損が酷く、伽藍の方々に設置されてあった鬼瓦は悉《ことごと》く割れてしまったという。

◇

飛び首の目撃談は増え、黒い旋風の被害も頻発している。

夏の熱気と相まって江戸全体が異様にざわついていた。

しかし、ちっとも飛び首に遭えぬ者もいる。怪異狂いのご隠居である。夕涼みがてらせっせと出掛けるもさっぱり遭遇できない。

夜の一人歩きは危ないと言っているのに、ちっとも聞き入れてくれない。ほとほと手を焼いた千代はお七に泣きついた。

「無理、あれはもう病気みたいなもの」

だが頼られたお七も早々に匙を投げた。

ならばせめてと考えたのが、猫みたいに首に鈴をつけることだ。

「で、俺がその鈴ってわけかよ」

釣り竿片手にぼやいたのは脇坂だ。

「隅田川に小舟を浮かべるんじゃが、夜釣りでもどうか」

ご隠居から誘われ、ほいほいついていったところで事情を知らされる。

「ほっほっほっ。千代やお七ちゃんがやいのやいの言うもんじゃからな」

まんまと釣られたもので、脇坂は苦い顔をしている。舟着き場まで向かう道中、飛び首目当てと思われる暇人どもをたくさん見かけた。

「やれやれ。花火見物でもあるまいし。そんなに活きのいい生首が拝みたければ、小田《おだ》原《わら》なり鈴ヶ森の刑場にでも行けばいい」

そう言って脇坂はため息を吐いた。

それから隅田川に一刻ほど舟を浮かべるも竿はぴくりともせず、飛び首もいっこうに姿を見せない。持ち込んだ酒とつまみはとうに尽きた。横風が出始め波もうるさくなってきた。

「今宵はもう引きあげよう」

ご隠居が言い出し脇坂も竿を上げた。舟を岸に戻し、柳鼓長屋へ帰ろうとする。

「それで明日も出張るのかい？」

「もちろん」

ご隠居は即答する。

「まったく元気な爺さまだぜ。怪異なんぞを追いかけて、いったいなにが楽しいのやら。そういえばご隠居はどうして怪異狂いになったんだ？　それだけのめり込むってことは、きっかけがあったんじゃないのか」

「おや、話したことがなかったっけか。あれはまだ連れ合いが生きておった頃——」

ご隠居が怪異との馴れ初めを語り始めようとした矢先。

「しっ」

脇坂が話を遮った。打って変わって真顔になり、その真剣な様子にご隠居も口をつぐむ。

脇坂は前方の闇をじっと睨む。視線の先には三つばかり浮かぶ白い丸があった。

ゆらりふらりと動く白い丸——なんと、それは人の顔であった。

「出たか！　飛び首」

ご隠居は興奮する。ようやく遭えたと喜んだものの、その飛び首が自分たちのほうへと近づいてくるではないか。

脇坂はすっと前に出てご隠居を庇う。腰にある朱鞘の同田貫には手をつけず。代わりに釣り竿を持ち直した。

「あはは」

「ひひひ」

「きゃっきゃ」

薄気味の悪い声を上げながら首たちが飛んでくる。異様に肌が白く、目は血走り、口からは血を垂らしている。

「ひぇ」

恐ろしい面相に、ご隠居が脇坂の背に隠れたところで、振られた釣り竿がひゅんと鳴った。竿が三つの飛び首のうちの一つをぴしゃりと打つ。

しかし、手応えがない。脇坂は竿を捨て同田貫の柄に手をかける。だがその時にはもう三つ首は遥か後方に飛んでいってしまっていた。

遠ざかる首を見送る二人。呆けているご隠居を横目に、脇坂は放り出した釣り竿を拾う。

「おや？」

見てみると、竿の先がすぱっと断たれていた。

「飛び首が斬った？　まさかねえ」

◇

江戸の増上寺《ぞうじょうじ》が黒い旋風にやられた。ここは朝廷と幕府の信が厚く、僧侶の学問所である檀林《だんりん》の活動も盛んであった。人死にこそは出てないものの、負傷者は多数、伽藍や境内に散在する貴重な石塔《せきとう》や史跡《しせき》などにも被害が及んだ。

日傘を差しお良が歩く。神田明神下《かんだみょうじんした》からの帰りであった。

増上寺で起きた奇禍《きか》に巻き込まれた小唄の弟子を見舞ってきたところだ。怪我をしたと文を寄越してきたもので、急ぎ駆けつけてみればなんてことはない。

逃げる時に慌てて転んで足を捻《ひね》っただけのことだった。それを大袈裟にしたのは、ひとえに女師匠の気を惹きたかったからである。お良が呆れたのは言うまでもない。

「さて、せっかくだから神田明神で名物の甘酒でも飲んでいこうか。あれは暑気払いにもってこいだからねえ」

いそいそ贔屓の店に向かうお良は、その途中で市女笠の娘を見かける。旅姿で杖を片手にしきりにきょろきょろしている。おおかた道にでも迷ったか。

「もし、お困りですか」

親切心を起こしたお良は声をかける。

市女笠の娘が言うには、神田明神にて待ち合わせをしているのだが、道に迷ってしまったとのことだった。なら甘酒を買うついでに道案内をしてやろう。女二人は連れ立ち、世間話をしながらしばし歩いた。そして神田明神の大鳥居前に到着した。

「お連れさまとは随神門《ずいしんもん》で落ち合うんだったね？　それならこの鳥居を抜けてすぐだから」

「本当に助かりました。ありがとうございました」

市女笠の娘は丁寧に頭を下げる。そればかりか、わざわざ直垂をめくって顔を晒そうとする。

「いいよ、いいよ。じゃあね」

お良はそれを止めて、さっさと踵を返した。

一人となったお良は神田明神近くにある茶屋へと入る。適当な席に腰を下ろし、注文すると、すぐに熱い甘酒が運ばれてきた。ふぅふぅ冷ましつつ独りごちる。

「……それにしても、いまどき市女笠とは珍しい。話し方といい物腰といい、きっといいところのお嬢さんなんだろうねえ」

そして、お良はずずずと甘酒を啜る。たちまち五臓六腑に染み渡るのは米麹《こめこうじ》の優しい味わいだ。身も心もしゃんとして、暑さに逆上せていた頭もすっきりしてきた。

そこでお良はふと思った。

「あれ？　市女笠の娘といえば、たしかお七ちゃんも上野の寛永寺で会ったって言ってなかったっけか。それにさっき見舞った馬鹿弟子も増上寺で見かけたとかなんとか」

引っかかりを覚えたお良は、すぐさま腰を上げ、急ぎ茶屋を出る。閉じた日傘を手に神田明神へ小走りで向かう。

「妙な胸騒ぎがする。嫌な感じがするよ。取り越し苦労ならいいんだけど」

随神門まで来たところで、お良は市女笠の娘を捜す。しかしそれらしい姿はない。

そこでお良は近くの木陰で涼んでいた西瓜《すいか》売りに声をかけた。

「それならさっき見かけたぜ。力石《ちからいし》のほうへ行ったよ」

西瓜売りは、そう教えてくれた。

力石とは境内にある重たい石のことだ。こいつを持ちあげることで江戸の男たちは力自慢を競っている。

御社殿の脇を抜けた先に力石はあるのだが、流石にこの炎天下に焼けた石を抱く酔狂者はおらず、人っ子一人いやしない。

だからお良は諦めて引き返そうとするも、繁みの向こうから刃がぶつかる音が微かに聞こえてきた。用心しつつ、お良はそろりそろりと音がするほうへと近づいていく。

すると、木立ちの奥の切り株に座る市女笠の娘がいた。隣には虚無僧が立っている。

周囲では殺気が飛び交い、色んな人相風体の者らが武器を手に乱戦を繰り広げていた。

木々の合間を縫うように駆け、幹を蹴って跳躍し、枝を掴んでひらりと舞い上がる。風のように駆けているのに足音は静かで、それでいて火のごとき苛烈な攻めである。

対峙する者も一歩も退かぬ。殺しの術に熟練した者同士の戦い。

そんな中、市女笠の娘は飽きたとでも言わんばかりに、足をぶらぶらさせていた。

一進一退の攻防だったが、一人倒れ、二人斬られ、ゆっくりとその均衡《きんこう》が崩れてゆく。

三人目が心臓をひと突きにされてからはいっきに形勢が傾き、そこからはもう一方的だった。

「こいつはいけない」

木陰から覗き見ていたお良はすぐさま立ち去ろうとする。けれども動けなかった。背後より冷たい刃を首筋に当てられていたからだ。虚無僧であった。いつのまにか市女笠の娘の側を離れてお良の後ろにいたのだ。

元深川芸者のお良は仕事柄色んな男たちを見てきたからわかる。

この虚無僧の剣呑さ、とてもではないが逃げられない。お良は覚悟を決めたのだけれど――

「待ちな」

無情に振り下ろされる刃を寸前で止めたのは市女笠の娘だった。

「何故」

言葉少なに問う虚無僧に対して、娘が返答する。

「そいつは公儀の者じゃない。化生《けしょう》の類だ。おおかた猫との混じり者だろう。下手にちょっかいを出すと末代まで祟られるよ」

声音がしゃがれた老婆のものに変わっていた。娘が市女笠の薄布をめくる。露わとなったのは美しい素顔。けれども瞳が尋常ではなかった。

目の中にもう一つ小さな目があるのだ。大小四つの瞳がじっとお良を見つめる。

これまで誰にも自らの正体を明かしていなかったのに、一目で自分が妖と人間の混じり者だと見抜かれてしまい、お良は面喰らった。

「さっきは世話になったね。そういえばまだ名乗っていなかったか。私の名前は比丘尼《びくに》。なぁにとってくいやしないよ。私もあんたと同じ境遇の者さ。だからね、今日のところは特別に見逃してぁげる。もうちょっと待っていておくれ。じきに世の中がひっくり返って、私たちみたいなのが大手を振って日の下を歩けるようになるからさ」

そう言うなり比丘尼はお良に顔を近づけ、「ふぅ」と息を吐きかける。それはとても甘い香りで、お良はたちまち朦朧《もうろう》となり気を失ってしまった。

◇

目を覚ますと、お良は大鳥居近くの蕎麦屋の二階の座敷にいた。

「あれ、私、どうして……」

少し頭がくらくらする。ぼんやりしていると店の者が襖を開けた。

「お目覚めになられましたか、ようござんした。暑さにやられたらしいと担ぎ込まれた時には、お顔の色が真っ青で気を揉んだんですよ。でもその様子ならばもう大丈夫そうですね。どれ、すぐにお飲み物をご用意しますから」

店の者によれば、お良は境内で倒れていたのをここに運ばれたとのこと。

「これで姉さんの面倒を見てやってくれ」

そればかりか助けてくれた男が御銭《おあし》まで置いていったんだとか。

「いやはや、いい人に行き会いましたね。これも神田明神さまのご利益というもの」

店の者が階段を下りていく足音を聞きながら、お良は次第に頭がしゃんとしてきた。

「とんだどじを踏んじまった。それにしてもあの市女笠……たしか比丘尼といったか。いったい何者なんだろう。あの虚無僧もそうだけど、一緒にいた連中はどれも化け物じみた力量の持ち主ばかりだった」

江戸には色んなのが紛れ込んでいる。

真っ当に生きている善人や、それを食い物にする悪党ども。気のいい者もいれば、いけ好かない奴もいる。脇坂や鉄之助たちみたいに、過去に陰がある者も大勢いる。

そしてお良みたいな化生や、お七のように特別な力を持つ者も、表には出ていないだけで少なくない。

「あの比丘尼は、自分も混じり者みたいなことを言っていたけど……」

どうにも解せぬことばかりだ。窓辺に寄ったお良は息苦しさを覚え、風に当たろうとした。

「えっ？　なっ！」

しかし、眼前の光景にお良は絶句する。

神田明神の境内にて、黒い旋風が天高く渦を巻いていたのだ。随神門の辺りを轟々と暴れている。その時、竜巻からなにかがはじき出された。そいつが空を横切りこっちへと向かってきたので、お良は慌てて身を伏せる。

直後に蕎麦屋の二階に飛び込んできたのは、なんと馬の首であった。

ただし本物ではない。木彫りがもげたものだ。随神門に奉納されてある神馬一対の像のうちのどちらかだろう。

どんがらがっしゃん！

馬の首は散々に跳ね暴れ、天板にずぶりとめり込んでようやく止まった。

お良が放心状態で腰を抜かしていたら、店の者が階下より駆けつけた。

しかし、室内の惨状を前にして「うーん」と目を回してしまった。

◇

次は神田明神が黒い旋風に襲われた。

御社殿のほうはたいして被害はなかったものの、随神門が手酷くやられた。倒壊こそ免《まぬか》れたが、欄間の四神の彫り物や門裏にあった対の神馬像、門前にあった神像がぐしゃぐしゃに壊されてしまったのだ。

この出来事を帰宅したお良より聞かされたお七は顔をしかめた。

市女笠の娘や虚無僧のことも気になるが、なによりも黒い旋風をどうにかせねばならない。

泉岳寺、萬昌院、討ち入り現場となった本所松坂町の吉良邸、上野の寛永寺、芝の増上寺ときて、今度は神田明神まで。

もしも江戸市中を夜ごと騒がしている飛び首同様、黒い旋風も赤穂浪士と吉良一党が関係しているのであれば、関わりのない寺社仏閣が荒らされる理由がわからない。

悪戯にしては手が込んでいるし、ここまで大騒ぎになるなんて……わざと騒ぎを煽っている者がいるのかもしれない。

『じきに世の中がひっくり返る』

さらに比丘尼と名乗った市女笠の娘がお良に告げたという言葉も気になる。

なにやらよくない流れを感じて、青い夏空だというのにお七の心が晴れることはない。

そんな折に、浅草寺にて催される大法会の話が聞こえてきた。

世相の乱れを憂いた将軍様が号令をかけ、徳川の世の安泰と万民の平穏を盛大に祈願するとのことだ。

「これで少しは落ち着いてくれるといいのだけど」

案ずるお七のもとを、薄紫《うすむらさき》の頭巾を被った武家の女房が不意に訪れる。その正体は馴染みの公儀隠密であった。まさかの女形で登場だ。

役者顔負けの化けっぷりに、お七は面喰らう。

◇

浅草寺、その起源はとても古い。

遡ること推古天皇《すいこてんのう》の御世、漁師の兄弟が江戸浦で漁をしている時に拾った仏像が聖観世音菩薩《しょうかんぜおんぼさつ》の尊像にて、これをありがたがったのが地元の豪族である土師中知《はじのなかとも》という者だった。信心が高じるあまり出家し、屋敷を寺に改築したのが浅草寺の始まりである。

いつもは参拝客でごった返している浅草寺境内だが、今日ばかりは様子が違う。隅々まで掃き清められており、厳《おごそ》かかつ清浄《しょうじょう》な空気が満ち満ちている。

そこへ続々と集うのは大勢の僧侶たちだ。色んな門派が一堂に会す。尼《あま》も交じっている。それればかりか山伏《やまぶし》の集団もいれば、巫女《みこ》装束《しょうぞく》の女性たちや衣冠《いかん》姿の神職もいる。

浅草寺大法会のために江戸だけでなく関八州《かんはっしゅう》どころか、わざわざ舟を手配し遠くは京の都より高僧を招いたらしい。

その総数は、六百にも及ぶそうな。流石は将軍様が声をかけた大法会だけのことはある。

しかしそんなに大勢が浅草寺の観音堂に納まるわけもなく、主だった者以外は本堂正面の広場にて勤しむ。

浅草寺本堂は南に面しており棟高《むねだか》十丈、間口は十一丈ほどだ。七万枚以上もの瓦葺《かわらぶ》きの大屋根の要所で、ぎろりと睨みを利かすのは鬼瓦である。朱色の太い柱と梁《はり》で組まれた姿はどっしりとしたものだ。

本日、本堂の軒先には大きな幔幕《まんまく》が吊り下げられている。白青黄赤黒の五色が並ぶ大布で、これは五智如来《ごちにょらい》の色にて、五つのありがたい教えを表現している。

「うーん。うちの長屋がすっぽり収まりそう」

立派な幔幕を遠目にお七はうなった。

いつもは本堂と宝蔵門《ほうぞうもん》との間にある常香炉《じょうこうろ》の姿はない。代わりにその場所には木材が積まれている。本堂で護摩壇《ごまだん》を焚き、外でも盛大に火を焚いて祈りを捧げることになっていた。この木材はそれに使うのだ。

だが、お七は少し不安であった。ここのところ夕立ちもろくにない酷暑が続いている。隅田川も元気がない。人も江戸もからっからなのだ。

乾いた空気はよく燃える。うっかり飛び火したら大変である。お七の名の由来となっている天和《てんな》の大火、あれの再来なんぞは御免である。

「その辺りのことはちゃんと考えているだろうよ。いざともなれば定火消《じょうびけ》しどもがこぞって出張りやがるさ」

お七が不安そうな顔をして木材を見ていると、なにか察したのか、隣の脇坂が無精髭を撫でながら言った。

定火消しは幕府直轄《ちょっかつ》の火消し集団だ。彼らは鎮火だけでなく火事場での治安維持も担っており、鉄砲の所持も認められている。

江戸の消火は打ち壊しが基本なので、火消し役には腕っぷしと胆力《たんりょく》が必須である。ゆえにいまどきの武士にしては珍しく、荒っぽい猛者《もさ》揃いなのだ。

頼りになる連中が総出となるならば、滅多なことにはなるまいとお七も安堵する。

そこへ鉄之助が合流する。

「周辺を見てきたが、いまのところそれらしい連中は見当たらなかったぜ」

鉄之助が警戒しているのはおろち一党だ。

今回、お七や柳鼓長屋の面々は正式に公儀からの依頼を受け、浅草寺大法会に参加している。

この法会は江戸の平穏を願い、巷を騒がす怪異を調伏し、幕府の威光を天下に知らしめることだけが目的ではない。依頼を持ち込んだ馴染みの公儀隠密によると、江戸市中を騒がしている飛び首騒動と黒い旋風の乱行には、おろち一党が一枚噛んでいるらしい。

彼らが怪異となんらかの繋がりがあることはたしかだ。

少なくない犠牲を払い、公儀はおろちが浅草寺大法会を狙っているということを知り得た。ゆえに、この大法会はたんなる祭事ではない。裏では凶賊どもを誘い出し、一網打尽にしようと目論んでいるのだ。

そればかりか、将軍様はこれを機に赤穂浪士の討ち入り以降、江戸に漂う不穏な空気を一掃するつもりのようで、そのためには使える駒はなんでも使うということらしい。

お七たちもその一つというわけだ。なお、お良はおろちの中心人物と思しき者らと接触したことを買われて別行動中だ。現在は雷門近くの茶屋に留め置かれ、人物の出入りに目を光らせている。

◇

鐘楼《しょうろう》の鐘が鳴る。開始の合図だ。

続いてそこかしこにて銅鑼《どら》や妙鉢《みょうばち》が打ち鳴らされ、しゃんしゃんと神楽鈴《かぐらすず》も鳴いた。

昼前から始まった大法会の出だしこそは静かであったが、徐々に大勢の息が合い始める。各々唱えていた真言が重なって一つの巨大な調べとなり、時に力強く、時に甘く囁くかのように緩急をつけ、極彩の音色を奏でるようになった。

内外の護摩壇の火が勢いを増す。轟々と焔がよじれ、天へと赤い指先を伸ばすかのように燃え上がる。

これを横目に境内の一角に設けられた舞台では、様々な舞が奉納されている。十二人の着飾った巫女たちが、一糸乱れぬ動きにて輪になり踊っては、合間合間に手にした神楽鈴を振る。その度に不浄は祓われ周囲の空気がたちまち澄んだ。

巫女舞が終わると彼女たちは整然と舞台袖へと下がり、入れ違いに面を被った能楽師《のうがくし》が舞台に立ち、床板を踏み鳴らしながら踊る。優れた舞手が全身全霊にて表現するのは、仏の教えを信受する喜び、その尊さ、ありがたさである。その姿は、能楽師が紡ぎ出す幽玄世界へ、観る者を誘《いざな》う。

法楽能が終わって夢ごこちになっていると、突如として激しい楽が鳴り響いた。

勢いよく舞台に踊り出たのは色とりどりの八頭の竜たちだ。もちろん本物ではない。造り物だ。長い胴体の中に潜んでいる複数の演者がまるで本当に生きているかのように操る。竜たちが暴れる。そこに乱入してきたのは神刀を手にした豪傑だ。単身で、剣舞にて勇ましく竜たちと大立ち回る。

一頭の竜の首を刎ねたのを皮切りに、次々とやっつけていく。神話の竜退治を模した圧巻の演舞であった。

大法会の表と裏を隔てる陣幕の隙間からこっそり舞台を見物していたお七は感心しきりだ。

「あれが出雲神楽《いずもかぐら》か。お芝居みたいで面白いね。あーあ、千代ちゃんにも見せてあげたかったなぁ」

今回、ご隠居と千代は長屋でお留守番をしている。

「くれぐれも目を離さないで！　特にご隠居さんから」

お七は仁左にそう頼んである。

「しかしずいぶんと飛ばしているな。こんな調子で明日の昼までもつのかねえ」

持ち込んだ酒を舐めながら脇坂が言う。大法会は丸一昼夜ぶっ続けで行われる。外のほうは交代で休憩が取れるからまだいいが、大変なのは観音堂に籠っている連中だ。あちらは飲まず食わずの徹夜仕事である。厳しい修行を経てきた徳の高い僧ばかりでも、この夏の盛りに幾らなんでも無茶が過ぎようというものである。

「信仰ってのはおっかないねえ。剣術修行のほうがよほどましだな。で、連中はいつ頃仕掛けてくると思う？」

湯飲みの中身をぐいと呷《あお》った脇坂は、一緒になって一杯やっている鉄之助に問う。おろち一党を率いるのは、鉄之助の同胞にして兄貴分でもあった士郎だ。心技体すべてが卓越した忍びの中の忍びだと、鉄之助は語る。

「襲撃といえば夜討ち朝駆けだが、そんなのは公儀だって百も承知。となれば大法会の終わりがけの気が緩む一瞬を狙うか、あるいは」

鉄之助はつまみのするめを指で弄びながら思案ののち、己の考えを口にする。

「あるいは？」

「本格的な気構えが整う前、今日の夕刻とかかもしれない」

鉄之助はおろちが姿を見せるのは黄昏刻《たそがれどき》と予想した。

「わたしもそう思う」

お七も頷く。理由は夜明けだと大法会が三分の二ほども済んでしまっているからである。これだけの大勢の者たちが一心不乱に祈っている。最後まで終わっていなくとも、累積《るいせき》された祈祷の力は相当なものになるだろう。たとえ不完全とはいえ、儀はあらかた成就しているようなもの。

おろち一党がどうやって怪異を操っているのかはわからない。けれど、関わりがある以上は調伏されることを嫌うはず。それに――

「昼と夜の世界が入れ替わる刻。これって大禍時《おおまがとき》なんだよねえ」

お七が言う。とりわけ夏場の夕暮れは影が濃いばかりか、特有の気怠さを伴う。地面から立ち上る熱気が揺らめき、世界の境を歪ませ、陰と陽が交わり溶け合う一瞬に、怪異はむくりと目を覚ますのだ。

◇

夕闇が迫る中、境内はますます意気軒昂《いきけんこう》となる。祈りよ、天に届け。江戸、ついには日本《ひのもと》の津々浦々《つつうらうら》にまで届きたまえと言わんばかりの気迫である。

その只中に釣り鐘が鳴った。

ごーん、ごーん、ごーん。

刻を告げる音だ。馴染みの音ゆえに気にせず聞き流していたお七たちであったが、途中ではっと顔を見合わせた。

なにせいまは大法会の真っ最中である。祈りの妨げとなるので、今日ばかりは刻を告げる音は鳴らさないはずであった。

その直後、浅草寺を異変が襲った。

境内の西側に黒い旋風が突如として起こる。みるみる大きくなって、ついには五重塔《ごじゅうのとう》ほどの竜巻となった。そいつが轟々とうなり、夕陽を背に本堂へと近づいてくる。

風が強まり、砂埃が舞い視界を遮る。木々が煽られてしなり、陣旗が倒れ、幔幕がぱたぱた暴れる。外で焚かれていた焔が激しく揺れる。

五重塔と黒い竜巻、二つの影が伸びて重なり、本堂や境内に濃い闇を落とす。

それでも観音堂から聞こえてくる真言が途切れることはない。いっそうの大声となり、外にいる者どもを励まし勇気づける。このおかげで法会に参加していた者らは落ち着きを取り戻し、吹き荒れる風に耐え、祈りを捧げた。

その効果か、黒い竜巻は境内に入れない。五重塔の手前で見えない壁に阻まれている。

二度三度と激しくぶつかり、強引に突破しようとするもならず、ぶつかるほどに黒い竜巻が削れ少しずつ萎《しぼ》んでいく。このまま調伏なるかと思われたが、刻は敵に味方する。

茜色だった空がすーっと薄藍色へと塗り変えられてゆく。

夜が来た。これより始まるのは怪異がもっとも躍動する刻。

「来るよ。二人とも っ！」

お七の声と同時に、黒い竜巻から幾つもの首たちが飛び出した。どうやらあれは飛び首どもの集合体であったらしい。昼間は群れることで黒い旋風となり暴れ、夜になると分かれて好きに暴れていたのだろう。

脇坂は朱鞘の同田貫を腰に差し、彼方をひと睨みする。視線の先には刀を咥えている飛び首があった。動きが他とは違う。もしもあんなのが祈りを捧げている者たちのところへ突っ込んだら、どれほどの被害が出ようか。

「鉄之助はお七ちゃんを頼む。あいつの相手はおれがする」

そう言うなり脇坂は同田貫を抜き、手近な篝火にかざした。刀身がぎらりと光る。

これに気づいた相手が向かってくる。誰であろうその飛び首こそが、十八人斬りにて勇名を馳せた堀部安兵衛であった。咥えているのは二尺三寸から五寸ほどもある太い野《の》太刀《だち》だ。ずいぶんと刃毀《はこぼ》れしており血で黒ずんでいる。

堀部安兵衛の首が嬉しそうに目尻に小皺《こじわ》を浮かべ、口元をにぃと歪ませる。

脇坂は正眼の構えで「ふぅ」と嘆息する。

「ったく難儀なもんだな、剣客って奴はよぉ。主君の仇討《あだう》ちを果たし、てめえで腹を掻っ捌いて首を刎ねられても、まだ刀を手放せねえんだから」

かくして始まった生者と死者の一騎討ち。

首はぎゅんと勢いよく飛び回り、野太刀を閃めかせ打ちかかる。

脇坂はそれを受ける。鈍い音がして火花が散る。激しい当たりに、同田貫の刀身が震えた。脇坂が堀部安兵衛と戦っている横で、お七と鉄之助も苦戦していた。

結界を越え境内に侵入した飛び首の数は全部で十一だ。弱いのは無理に通り抜けようとして自滅し、調伏されてぽとぽと落ちた。おかげで数はぐんと減ったが、残ったのは手強いのばかり。そのうちの一つがお七たちのところにも襲来し、応戦しているのだが、柳鼓の塩小町は得意の塩玉が当たらない。鉄之助の忍びの里仕込みの礫《つぶて》も空を切る。

灰色のげじげじ眉毛をした老爺の飛び首は「かかか」と嘲笑した。

ご隠居ばりに元気で、隙あらばかじろうとしてくる。その歯がまた丈夫で、がぶりとすれば生木を抉《えぐ》るほどだ。そんな首に追いかけ回され、お七と鉄之助はぎゃあぎゃあ逃げ惑う。

◇

刃同士がぶつかり、ぎちりと軋む。火花が散り、脇坂の刃が届いた。

斬り裂かれたのは堀部安兵衛の飛び首の右頬である。わりと深い傷なのに血は流れない。奇妙な手応えに脇坂は顔をしかめる。

ここで斬られた側はいったん上昇し、周囲にある松の木よりも高い位置へと逃げた。

「やっぱりまたこれの世話になるのか、とほほ」

首を目で追いつつ、脇坂は嘆きながら懐より竹筒を取り出した。

中身は御神酒だ。だがただの酒ではない。お七の塩がたんまり入っている。ご利益は妖刀騒動の折に実証済みである。

実は今回の浅草寺大法会に参加することが決まって、まず最初にお七がやらされたのが特製塩と御神酒造りであった。警護の主だった者らには、清めの塩が入った小袋ともども配布ずみである。

堀部安兵衛の首が宙でぐるぐる回り出す。結われた髪が解け、ざんばらとなりながらも激しく回る。口に咥えた刀がひゅんひゅん風切り音を鳴らす。

自身が凶刃独楽《きょうじんこま》となる攻撃である。

それを前にして脇坂も覚悟を決めた。

「ええい、ままよ。塩水で傷んだ刀の修繕費は公儀につけとくからな」

竹筒の栓を口でぽんっと抜き、愛刀に中身をぶち撒ける。

同田貫はたちまち濡れ、下げた刀の切っ先よりぽたりぽたりと雫が滴り落ちた。

堀部安兵衛の首が襲いかかる。脇坂はしっかりと踏ん張り、気合いを入れ下段の構えから、大きく振り上げる。

野太刀と大太刀が激突した。

制したのは脇坂だ。打ち負けた堀部安兵衛の首が後方へ飛ぶ。しかし、はじかれた力を利用してすぐさま反転し、間髪容れずに逆から打ちかかってきた。体を持たぬ飛び首ゆえの身軽さで、電光石火の連撃である。

二合目は、脇坂は疾駆する野太刀をしのぐので精一杯であった。

三合目は、堀部安兵衛はこれまでと違い、その場にとどまり打ち合うことを選択する。

飛び首が縦横に回転し渦となり、刃が乱れ暴れる。

対する脇坂も一歩も引かず、身に染みついた剣技を駆使し、受け、払い、いなし、返し、斬り、突き、激しい攻撃を次々に繰り出す。

流石は堀部安兵衛なだけあって、たとえ首だけになろうとも強い。だが脇坂も負けてはいない。剣豪であった祖父より学び、叔父御と慕った支倉忠長にしごかれ磨かれた技が、強敵を前にしてかつてない域に冴え渡る。

四合目以降は、もはや剣客同士の意地のぶつかり合いである。お互いの切っ先がひらりと舞い、離れては翻り交差するを繰り返す。その様はまるで大空を飛ぶ二羽の鷹《たか》のようであった。

瞬きでさえ敗北へと直結しかねない厳しい局面である。

先に音を上げたのは脇坂であった。生きるがゆえに欠かせぬ呼吸。いかに鍛錬を積もうとも、こればっかりはどうにもならぬ。限界がある。

「ぷはぁ」

肺が悲鳴を上げ、ついに息を吐き出してしまった。

途端に筋肉は弛緩《しかん》し、緊張がたわむ。体の反応が鈍い。どっと噴出した疲労が邪魔をする。

好機を見逃さず、堀部安兵衛の首はここぞとばかりに攻める。息を気にせず動けるのは亡者の特権だ。だが止《とど》めを刺すべく振り下ろされた必殺の野太刀が半ばでぽきりと折れた。

同田貫が叩き折ったのだ。

生者と死者とでは疲れ知らずの死者が有利だが、刀は違う。千代から寝坊助侍と揶揄される脇坂であるが、相棒の手入れだけは怠らない。刃毀れのままに使い潰された野太刀では、端《はな》から分が悪かったのである。

刀を折られた瞬間、堀部安兵衛の飛び首がはっとする。

そこを同田貫が一閃する。

ただし、首は斬らない。脇坂が斬ったのは、かつて首と胴が繋がっていたであろう場所だ。背側から胸元へ向けて刃が打ち下ろされた。それは赤穂浪士が主君の遺恨を晴らし、切腹して果てた最期《さいご》をなぞるかのような銀の軌跡であった。

御神酒が塗られた同田貫であれば、怪異に堕ちた首を両断することも可能であろうが、脇坂はあえてそれをしなかった。剣客同士は、全身全霊で戦った。彼岸が二人を分かつとも、通じることもある。

己が何者であったのかをとくと思い出せ。脇坂の一刀にはそんな想いが込められていた。

すると気持ちが通じたのか、はたまた存分に剣を振って満足したのか。

堀部安兵衛の首がにやりと笑い、力を失ってぽとりと落ちた。

「脇坂さんが勝った！」

喜ぶお七であったが、足下がおろそかになってつんのめったところを、老爺の飛び首がお尻めがけて突っ込んできた。

「ひひひ」

首は笑いながら大口を開けて食らいつこうとする。

これに待ったをかけたのは鉄之助である。

「とんだ助平《すけべい》な爺さんだ。これでも喰らいやがれっ！」

左右の腕から次々に棒手裏剣が放たれる。一本が老爺の首の前をひゅんと通りすぎ、これに驚き動きが鈍ったところを、もう一本で追撃し、こめかみに深々と突き刺す。老爺の首が大きく傾き、勢いが止まった。

「えいっ」

そこにすかさずお七が塩を撒き、景気よくぱっと広がる。

塩玉はかわせてもこれは避けられないだろう。老爺の首はまともに塩を浴びた。たちまち皮膚が爛れて悶え苦しむ。

「もう一丁」

お七は勇むが、半狂乱となった相手が形振《なりふ》りかまわず襲いかかってきた。

あわやのところで飛び出したのは影女のひのえである。

『うちの娘の柔肌に歯形をつけようなんざぁ、いい度胸だ。この狒々爺《ひひじじい》！』

老爺の首を、下駄しばきでぽかんと張り倒す。

浅草寺大法会が行われている境内、六百人もの徳高き者たちの祈りに満ちた空間は、怪異にとっては辛い場所である。だから、お七は影女を呼び出すつもりはなかった。しかし母は娘の窮地を前に、じっとなんてしていられなかった。

影女に殴られた老爺の首が近くの木にぶつかって、跳ね返ったきたところを、もう一発殴る。さらには地面に落ちたところをげしげし何度も踏みつける。

哀れ老爺の飛び首は、影女にぼこぼこにされてついに動かなくなった。

「うわぁ」

これには駆けつけた脇坂も同情を禁じ得ない。

「ありがとう、おっ母さん。でも出てきて大丈夫なの？」

『うーん、ちょっとむずむずするけど、なんてことないかねえ』

影女はいたってけろりとしている。

首の怪異をやっつけ安堵したのも束の間であった。

どんっ！　どんっ！　どんっ！　どんっ！　どんっ！

続けざまに五発、大きな音が鳴り響く。花火でも打ち上げたかのような景気のいい音だ。たちまち境内は騒然となり、観音堂のほうでも煙が上がった。

おろち一党がなにかしたに違いない。お七たちはすぐに向かおうとするも脇坂が「くっ」と片膝をついた。先の戦いで心身ともに疲弊している。しばらくは動けそうにない。

なので脇坂を残し、影女をいったん引っ込めたお七は、鉄之助と本堂へ急ぐ。

本堂前は大騒ぎになっていた。

「鬼だ」

「鬼が出た」

近づくほどに周囲から聞こえてきたのはそんな声だ。みんな観音堂の大屋根の上を見つめていた。所々が無惨に壊されており、鬼瓦が木っ端微塵《こっぱみじん》となっている。

そして上空を三つの首が悠然と飛んでいる。

これらを従え屋根に立つのは、鬼の面をつけた忍び装束の男と市女笠の娘である。

凶賊おろちの首領である士郎と混じり者の比丘尼がついに参上した。

かつての同胞であり慕い憧れた男を前にした鉄之助の顔には、じかに真意を問いたいという想いがありありと浮かんでいる。

だが本堂の前には僧侶や神職の者らが入り交じり、駆けつけた警護もひしめき合って、これを掻き分けて近づくのはたいそう骨が折れる。

そこでお七は考えた。

「行くよ、鉄之助さん。おっ母さん、お願い！」

娘の要請に『おうっ』と影女が飛び出した。

たちまちその身をぐにゃりとさせて、大きな影鴉に変ずる。そして二人を乗せるなり翼をはためかせて夜空へと舞い上がった。

◇

「ふふふ、まるで落ちた飴《あめ》にたかる蟻のような」

「あまり油断するなよ。さっそく客が来たぞ」

眼下を眺め比丘尼が嘲笑すると、鬼面の士郎が注意する。

音もなく現れたのは忍び十人、御庭番衆《おにわばんしゅう》の精鋭たちだ。

それればかりではない。目を凝らして周辺を探ってみると、遠くに赤い点々がある。闇に浮かんでいるそれらは鉄砲の火種だ。射手も名人揃いで、ぴたりと照準を定めては虎《こ》視眈々《したんたん》と機会を狙っている。

それにもかかわらず鬼面の士郎は平然としている。そして自ら御庭番衆へと向かってゆっくりと歩き出した。

比丘尼が手を小さく振ると、これに合わせて三つの飛び首が動く。これらは他の飛び首よりも二回りほども大きく、まるで本物の鬼の首のような姿形をしていた。

比丘尼の細い指先が動くのに合わせて飛び首も舞う。緩急自在に宙を転げる首たちが、たちまち御庭番衆の一人に取りつく。右足と左腕へ、二つの首が同時に食らいつき、身動きを封じたところで三つ目の首が喉笛をがぶりと噛む。

それを横目に士郎は複数の忍びたちを相手にして大立ち回りをしている。

駆ける士郎は、左右の手の指に挟んだ棒手裏剣八本を同時に放つ。正確無比な投擲によって、一人の顔面は針山と化した。

さらに向かってきた相手の首をすれ違いざまに斬り、背後から襲いかかる相手は回し蹴りにて大屋根から叩き落とす。

御庭番衆はみるみる数を減らしていき、残り六人となった。

いや、いましがた飛び首に食われて一人果てたので五人となった。

ここで御庭番衆がさっと身を引く。しかし、それは恐れからではない。

一斉に火を噴いたのは大量の鉄砲たちだ。御庭番衆の狙いは始めからこれであったのだ。獲物を狙撃しやすい位置へと誘導すること。

しかし二人は倒れない。士郎は御庭番衆の遺体を盾とし、比丘尼は飛び首たちが守った。

鉄砲が通じないならば、梯子をかけて援軍を送ろうとするも、させじと飛び首が邪魔をする。そうこうしているうちに一人減り、二人欠け、ついには十人すべてが倒されてしまった。けっして彼らが弱かったわけではない。士郎があまりにも強すぎたのである。

里を滅ぼされて以降、士郎は修羅の道を辿った。過酷な環境に身を置くことで天賦《てんぷ》の才を極限まで高めた結果、人外の領域に足を踏み入れたのだ。

屋根の上で士郎らが注目を集めている裏で、おろち一党が境内の方々で暴れていた。警備はその対応に追われている。

士郎たちを倒さんとこの場面で大屋根に下り立ったのは、影女が変じる影鴉とお七、鉄之助である。

「やはり来たか、鉄之助。それと――」

鬼面の士郎が目を向けたのは、影鴉の脇にいるへっぴり腰の町娘である。

「……士郎兄ぃ」

鉄之助がかつての兄弟子の名を呼ぶ。

たとえ血は繋がらずとも、二人は血よりも濃い忍びの絆で結ばれていた。だがいまの両者の立場はあまりにもかけ離れている。

士郎は腰に差している小太刀の二振りのうち一振りを、鉄之助に投げて寄越す。言葉は不要。ただ一心不乱にかかってこいとの意が込められていた。

どうしてこのような悪行に手を染めているのか。ただでは問《と》い質《ただ》せてくれないようだ。悟った鉄之助は受け取った小太刀を抜いた。

◇

士郎と鉄之助、男同士が刃で語り出したので、比丘尼とお七は女同士で向かい合うことになる。

二つの飛び首が周囲を警戒しつつ、残りが比丘尼の隣でぎちぎち歯を鳴らしている。対するお七はほとんどしゃがんだ格好で、膝がずっと笑いっぱなしだ。なにせここは観音堂の大屋根の上、棟高十丈もあり傾斜も急ときている。

影鴉に変じた母の背に乗って、散々に武蔵野の空を飛び回っておいていまさらと言いたいところだが、自分の足で立つのと、身を預けるのとではまるで違う。

なんとも締まらないお七の身を案じ、影鴉から影女へと戻ってひのえは支える。

そんな奇妙な母娘を前にして、比丘尼は市女笠の薄布をめくり素顔を晒す。可憐な美貌が露わとなるも、以前にお七が上野寛永寺で会った時には閉じていた瞼がしっかりと開いていた。

世にも奇怪なる双眸だ。瞳の中に小さい瞳が入り込んでおり、各々がきょろりと勝手に動いている。人にあって人にあらず。それが混じり者と呼ばれる存在なのだろう。

しかし、怪異慣れしているお七はさほど驚かなかった。

そんなお七の態度を興味深そうに見つめる大小四つの目。

「いつぞやは世話になったね。私はおろちで七番組の頭目をやっている比丘尼という。ご覧の通りの混じり者だ。以後お見知りおきを」

柔らかな物腰と丁寧な挨拶で、どうにも調子が狂う。

「あっ、どうも」

お七もつい頭を下げてしまう。

「よっこらせ。私は荒事が苦手でね。そういうのはあっちの暑苦しい野郎どもに任せるとして、こっちはこっちで楽しくお喋りといこうじゃないか」

なにを考えているのか、屋根の冠瓦に腰を下ろした比丘尼は自分の隣をぽんぽんと叩く。

争うつもりはないとの言葉に嘘はなさそうである。

だが、お七はさっきからずっと首の後ろがぞわぞわしてしょうがない。比丘尼の見た目は自分と同じくらいなのに、言葉を交わすとまるで年寄りを相手にしているかのような心持ちになってくる。

お七はこの女を見定めるために、あえて応じてみることにした。

しばしとりとめのない話をして、程よく緊張がほぐれたところで比丘尼が言った。

「なぁ、お七さん、あんた、私らと一緒に来ないかい？」

よもやの勧誘にお七は目をぱちくりさせるも、比丘尼はいたって真剣な様子である。

そして語り出したのは、いまの世で異質な者がどのような恐ろしい迫害を受けているのかということだった。比丘尼は自分が経験したことや、方々で行われている非道の数々を話して聞かせた。

もちろん理解を示す者や受け入れようとする者もいる。だがそれ以上に、拒絶し悪意を向けてくる者が多すぎるのだ。お七のような境遇こそが稀で、大半が惨めな孤独に苛まれ、地獄道を歩んでいる。比丘尼の語りにすっかり聞き入っていたお七は、いつしか我がことのように感じて、顔を真っ青にしていた。

そんなお七の様子に比丘尼はほくそ笑む。

言葉に宿る毒が相手の心を静かに蝕《むしば》んでいく。

これは比丘尼がもっとも得意としている邪魅言霊《じゃみことだま》の術である。

四つの目で相手を見つめながら、怪異の力を言葉に乗せて放つことで、聞く者の心を惑わす。潜在する恐怖を呼び起こし、不安を煽り、ついには魅了して傀儡《かいらい》と化す。これこそが怪異どもを味方につけていたからくりである。

首領の士郎から、お七を仲間に引き入れるよう比丘尼は命じられていた。

そんなこととは露知らず、お七はうっかり誘いに応じてしまったのだ。

頃合いと判断した比丘尼が、いよいよ術の仕上げにかかる。

「なによりも忘れてはいけないことがある。それはね、お七さん――」

「それは？」

「人の心はとても移ろいやすいということさ。幾ら情だの義理だのとそれっぽいことを掲げたところで、ちょいと我が身に累が及ぶとなったら、あっさり手の平を返す。面倒になったらそっぽを向く。そして真っ先に切られて捨てられるのは、いつも弱い者と相場が決まっているんだよ」

お七のいまの立場は薄氷の上に立っているようなものなのかもしれない。ほんのちょっとしたことで粉々に砕けて、あとはもう……幾ら泣き叫んで助けを求めたところで、誰も手なんか差しのべてはくれやしないのだろうか。

穏やかに語りかける比丘尼の声音は、いつのまにか若い娘から老婆のしゃがれ声に変わっていた。

お七はその変化に気がつかない。いや、すでに気づけない精神状態に追い込まれていた。次々と頭の中に暗い妄想が浮かぶ。大好きだった人たちが自分を罵倒し、石を投げつけてくる光景がありありと浮かんで、いつしかお七は目に涙を浮かべて小刻みに震えていた。いかに卓越した力を持っていようとも、お七はまだ十二の娘に過ぎない。比丘尼の敵ではなかった。

「おお、よしよし可哀そうに。でももう大丈夫。お七さんには私たちがいる。いまの世からつまはじきにされた者同士、仲良くやっていこうじゃないか」

比丘尼の甘く危険な囁きが、お七の魂深くにまで絡みついてゆく。

お七の瞳から輝きが失われた。

娘の異変に気づいた影女のひのえはすぐに助けようとするも、飛び首たちがそれを邪魔する。間に立ち塞がるばかりか、いつでもお七を害せるところに陣取るから厄介だ。

これではうかつに近づけない。懸命に呼びかけるも娘の耳には届かない。

そうして手をこまねいているうちにも、お七の心はどんどんと闇の底へと沈んでいく。

このままでは遠からず、お七は比丘尼の手に落ちていたことであろう。

しかし、偶然にもそれを救ったのは鉄之助であった。

◇

決死の覚悟で士郎に挑む鉄之助であったが、相手は最強の忍び。

御庭番衆の手練れをたやすく殺すほどの実力者だ。忍びの道を断念し、市井にて生きてきた鉄之助なんぞは相手にならない。

みるみる気力と体力が削られていき、手足が重くなる。それでも鉄之助の双眸から光が失われることはない。

「あぁ、だからか。だからこいつが気になってしょうがなかったのか」

鉄之助と刃を交わし、士郎は独りごちる。

里で修業をしていた頃、鉄之助に素養はあったものの特別ではなかった。せいぜい並みで大成はしないだろうと思っていた。なのに、やたらと士郎の目を惹いたのだ。

忍びは、醜悪な人の心の内や渦巻く悪意、死と闇の底ばかりを見つめているうちに、不要なものを捨て、ゆっくりと心が腐っていく。

しかし、鉄之助は捨てずに心を背負い続けた。

肉体や精神がどうこうではない。魂そのものが強いのだ。いかなる逆境に陥ろうとも光を手放さない。

己とは違う種類の強さ。そして己では絶対に掴めない輝き。

だからこそ士郎は鉄之助に惹かれた。緋衣がやたらとかまいたがる理由もきっと同じだ。手が届かないからこそ欲しくなる。闇の底でもがく身だからこそ、遥か彼方で輝く星に向かって必死に手を伸ばさずにはいられない。

でもそれと同時に士郎はふと思った。

『この男、いつまで光を持ち続けられるであろうか』

それは純粋な好奇心、あるいは戯れであったのかもしれない。

士郎は戦いの最中にもかかわらず、いままさに比丘尼に篭絡《ろうらく》されようとしているお七の姿に目を向けた。

この士郎の行動を鉄之助は誤解した。兄弟子がお七になにかを仕掛けるつもりなのかと勘繰ったのだ。だからとっさにお七を庇うような立ち位置を取り、士郎の視線を遮る。

士郎はこれを邪魔だとばかりに蹴飛ばす。そのせいで吹き飛ばされた鉄之助が比丘尼とお七の間に割って入る形となった。

邪魅言霊の術が中断された。

たちまち沈みかけていた意識が戻り、お七ははっとする。そして状況に困惑しつつも、大屋根を転がり落ちようとしている鉄之助の姿が目に入った。

考えるよりも先に体が動く。手を伸ばし鉄之助の腕を掴むが、お七の力では支え切れずに一緒にずるずる滑り落ちていく。

影女のひのえが動いた。飛び首の一つへと襲いかかり、相手の髪を引っ掴んでぶん回し、残り二つを次々に打ち据え、最後は比丘尼めがけてぶん投げた。

『よくもうちの娘を嬲《なぶ》ってくれたね。これでも喰らいな！』

「うぎゃっ」

比丘尼は潰された蛙のような声を出してひっくり返り、屋根の向こう側へと転がり落ちた。一矢《いっし》報いたところで影女が振り返ると、お七と鉄之助は屋根の半ばにて踏ん張っており、どうにか落ちるのを免れていた。

観音堂の大屋根に立つ士郎が、ぐったりしている比丘尼を小脇に抱えている。

お七と鉄之助は屋根の斜面半ばにへばりついて、これを見上げる。かたわらには影女の姿もある。両勢が睨み合う。

「そろそろ頃合いか」

しかし士郎はすいと視線を外し、得物を鞘に戻した。

方々で赤い狼煙《のろし》が上がっている。境内で暴れていたおろち一党の手によるものだ。お七たちはなにが頃合いなのかがわからない。

「どういう意味なの？」

意を決したお七が尋ねる。すると士郎は思いの外あっさり白状した。

「四神相応《しじんそうおう》と鬼門封《きもんふう》じの破壊が完了したのだ。これで江戸は裸同然となった」

徳川家康《とくがわいえやす》が江戸に幕府を開くにあたって、天海大僧正《てんかいだいそうじょう》がこの地に施したとされるのが四神相応なる仕掛けである。

陰陽五行説《いんようごぎょうせつ》に基づく考えで、風水における大吉の地相を指す。東に青龍《せいりょう》の宿る川が流れ、西に白虎《びゃっこ》の宿る道が走り、南に朱雀《すざく》の宿る水、北に玄武《げんぶ》の宿る山がある土地は栄えるのだ。

江戸は東に平川《ひらかわ》、西に東海道《とうかいどう》、北に富士山《ふじさん》、南に江戸の海を持ち、条件は揃っていた。

だが天海はさらに強固な鬼門封じを行う。それが寛永寺、神田明神、浅草寺の建立だ。

これにより鬼門を守り、なおかつ裏鬼門には増上寺を置く念の入れようである。

これらはどれも黒い旋風に襲われた場所だ。施された鬼門封じを壊し、土地を穢すことこそがおろち一党の狙いだったのだ。そして浅草寺境内にあった分もさっき破壊されてしまった。

目的は達せられた。大屋根の上という目立つ場所に、わざわざ士郎と比丘尼が居座り続けていた理由は囮だったのだ。首領自らが姿を晒すことで、仲間たちの仕事が捗《はかど》った。

「さて、用事も済んだことだし、名残りは尽きぬが今宵はこれまで」

首に掴まり、比丘尼を抱えた士郎の身がふわりと宙に浮く。

「逃がすかっ！」

鉄之助が放った棒手裏剣はあっさりかわされてしまった。

お七も塩玉を放とうとするが、力んだ途端に足下がずるりと滑る。そのうちにも、士郎たちはずんずん上空へと上っていく。

「鉄之助、お七……おまえたちはきっとこう思っているだろう。『国崩しなんて、そんな大それたことができるわけがない』と。だがな、徳川の世を快く思っておらぬ者は存外多いぞ。四神の守りは崩れ、すでにことは動き出した。じきにあれも目を覚ますだろう。もはや誰にも止められぬ。ゆめゆめ油断せぬことだ。では、さらば」

予言めいた不吉な言葉を残し、士郎たちは夜空の彼方へと消えた。

お七たちは悄然《しょうぜん》とこれを見送るばかりであった。影鴉に乗れば追いかけることは可能だが、追いついたところで返り討ちにされる未来しか想像できない。

まさに完敗であった。敗因は明らかだ。個々の実力差以前に、根っこにあった覚悟が違う。おろち一党は本気だ。本気で幕府を狩るつもりでいる。もとから卓越した実力を持つ者が一丸となり死兵と化している。お七たちもそれなりに覚悟を決めて、浅草寺大法会に臨んだつもりであったが全然足りなかった。

かくして浅草寺大法会は、凶賊おろち一党によって大混乱に陥ったのだが、そんな不都合な事実なんぞは認めないとばかりに、公儀によって事件は速やかに収束され大法会は粛々《しゅくしゅく》と続けられた。

様々な思惑を内包しつつも、大勢の祈りが、真言が止まることはない。

だが、先ほどまではあれほど荘厳でありがたい調べに聞こえていたそれらが、いまのお七の耳にはどこか空々《そらぞら》しいのだった。

◇

表向き、浅草寺大法会は成功したと伝えられた。

あれほど世間を賑わせた飛び首騒動や黒い旋風もぴたりと止んだ。

巷では、流石将軍様だ、大した効き目だ、などと評判は上々である。しかし、真実は敵が目的を達したがゆえの小休止みたいなものだ。

馴染みの隠密によれば、公儀は秘密裏に集めた手練れに、おろち一党を追わせているそうな。

「腕はたしかだが、どいつもこいつも凶状持ちのいかれた連中だ。上は毒をもって毒を制するつもりらしいが……」

隠密の男にそう言わしめる狂犬の群れみたいなのがうろついているとは、なんとも物騒な話である。

もっとも、おろち一党の消息は上総国《かずさのくに》の辺りで途絶えており、いまのところ捜索に進展はないとのことであった。

◇

厳しい日差しが柔らかくなり、心地好い風が吹く。いつしか百日紅の花も見かけなくなった。近づいてくる秋の気配を感じつつ、お七が柳鼓長屋の祠の掃除をしていたら、周辺が急に賑やかになる。

開け放たれていた障子戸の奥から飛び出してきたのは、一羽の百舌鳥だ。そして、それを追いかける猫が三匹。春太とお良のところの猫又たちであった。一羽と三匹は鰯《いわし》を巡って争っているようだ。

これに続いて姿を現したのは千代である。

「けんかしちゃだめ！　こらまてーっ！」

元気よく追いかけていく。

井戸端では女房衆が芝居の話で盛り上がっており、その脇では昨夜は深酒をしたらしい鉄之助と脇坂がしかめっ面にて顔を洗っている。

長屋の木戸のところでは、ちょうど朝湯から戻ってきたお良の姿があって、通りがかった岡っ引きの以蔵親分と挨拶がてら立ち話をしている。

「大変じゃ、大変じゃ」

するとそこに、ご隠居が駆け込んでくる。手には瓦版を持っている。おおかたまた妙ちきりんな怪異話を仕入れてきたのであろう。

柳鼓長屋の日常を前にしていると、お七は自分一人が気を張っているのが馬鹿らしくなってきた。

「うん、よく考えたら町娘が気を揉むことじゃないね。幾ら『油断せぬことだ』なんて言われても、だったらどうしろって話だし。あー、もう、止め止め。来るなら、どーんと来いってんだ」

お七が開き直ると足下で影が揺れる。影女のひのえも励ましてくれているようだ。

「これを見てみろ、お七ちゃんや。京の五条大橋で首無し僧兵が、夜な夜な刀狩りをしておるそうじゃ」

ご隠居は大興奮して瓦版を見せる。

「弁慶《べんけい》じゃあるまいし」

お七は思わず苦笑いする。

◇

日々を忙しなく過ごすうちに、はや季節は秋から冬へと移り変わろうとしていた。

年の前半に比べると夏以降はわりと平穏である。いつしかお七も士郎の言葉をほとんど思い出すことがなくなっていた。

お七はいつものように眠りにつく。けれども丑三つ時のこと。

ぽーん！　ぽーん！　ぽーん！

突如として、鼓の音がけたたましく鳴った。お七のみならず仁左や長屋の住人らも吃驚して跳び起きた。

ぽーん！　ぽーん、ぽん、ぽぽーんっ！

いっこうに音は鳴り止まぬ。より強く激しくなるばかりだ。表に出揃った長屋のみんなは互いに顔を見合わせて、どうしたのかと騒ぎ立てる。そこへ仁左とお七も駆けつけた。仁左が一同を落ち着かせている間、お七はすぐに音の出どころに気がついた。

鳴っていたのは狸が化けたとされる柳鼓の木だ。

途端にお七のうなじがぞくりとして総毛立つ。足下から嫌な気配が迫り上がってくる。ぱっと脳裏に浮かんだのは士郎が残した言葉だった。

『四神の守りは崩れ、すでにことは動き出した。じきにあれも目を覚ますだろう。もはや誰にも止められぬ』

次の瞬間、お七は叫んでいた。

「いけない！　みんな伏せてっ」

直後に、どんっと強い突き上げが来た。地面が波打ち、空には謎の極光が浮かぶ。空気がびりびりと震えて、夜闇の彼方で「うぉーん」と巨大ななにかが吠える声がした——

◇

元禄十六年癸未十一月二十三日乙丑の丑刻。

のちに元禄の大地震と呼ばれる地震が起きた。

江戸市中の被害こそはさほどでもなかったが、相模《さがみ》の小田原城下では大火が起きて相当な被害が出る。そして海の向こうの上総国では津波が発生し、数千もの命が一瞬で呑み込まれた。路頭に迷う者、行方不明者、負傷者数多、被災者は三万を超えた。

だがこれは始まりに過ぎなかった。翌年以降、続く災害により幕府は、日本はかつてない試練の刻を迎えることになる。

この作品に対する皆様のご意見・ご感想をお待ちしております。

おハガキ・お手紙は以下の宛先にお送りください。

【宛先】

〒150-6008 東京都渋谷区恵比寿 4-20-3 恵比寿ｶﾞｰﾃﾞﾝﾌﾟﾚｲｽﾀﾜｰ 8F
(株) アルファポリス　書籍感想係

メールフォームでのご意見・ご感想は右のＱＲコードから、
あるいは以下のワードで検索をかけてください。

アルファポリス　書籍の感想　検索

ご感想はこちらから

アルファポリス文庫

柳鼓《やなぎつづみ》の塩《しお》小《こ》町《まち》　江戸《えど》深川《ふかがわ》のしょうけら退治《たいじ》

月芝（つきしば）

2022年　12月31日初版発行

編集－和多萌子・宮坂剛
編集長－太田鉄平
発行者－梶本雄介
発行所－株式会社アルファポリス
〒150-6008東京都渋谷区恵比寿4-20-3恵比寿ｶﾞｰﾃﾞﾝﾌﾟﾚｲｽﾀﾜｰ8F
TEL 03-6277-1601（営業） 03-6277-1602（編集）
URL https://www.alphapolis.co.jp/
発売元－株式会社星雲社（共同出版社・流通責任出版社）
〒112-0005東京都文京区水道1-3-30
TEL 03-3868-3275
装丁イラスト－トミイマサコ
装丁デザイン－AFTERGLOW
印刷－中央精版印刷株式会社

価格はカバーに表示されてあります。

落丁乱丁の場合はアルファポリスまでご連絡ください。

送料は小社負担でお取り替えします。


ISBN978-4-434-31366-0 C0193